文春文庫

Seven Stories
星が流れた夜の車窓から

井上荒野 恩田陸 川上弘美 桜木紫乃
三浦しをん 糸井重里 小山薫堂

文藝春秋

目次

デザイン　クラフト・エヴィング商會［吉田浩美・吉田篤弘］
DTP制作　エヴリ・シンク

Seven Stories

★

星が流れた夜の車窓から

さよなら、波瑠

井上荒野 *Areno Inoue*

列車が停まり、乗客たちはホームに降りた。ここでしばらく停車し、街を観光できるのだ。ガイド付きのツアーも用意されていたが、波瑠《はる》はそちらのグループには加わらなかった。山間《やまあい》の温泉街の目抜き通りを、ひとりすたすたと歩いていった。

俺は波瑠の後をついていった。新緑の山を背景にして、古い町並みが保存されているひなびた通りだった。駅のすぐそばに古い医院だったらしい薄水色の洋館があり、ツアーの一行はそちらへ向かった。ほかにも歴史的な建築物が町の中に幾つかあり、それらを巡るのだろう。波瑠の目的はべつのようだった。土産物屋に入り、何か訊《たず》ねている。店の女性が波瑠と一緒に出てきて、腕を右、左と大きく振り動かした。道を教えているようだ。波瑠は頭を下げると、再び早足で歩き出した。

薄曇りの五月。寝台付き特別列車での四日間の旅ははじまったばかりだった。ここが最初の停車地だ。連休が終わったばかりの平日なので観光客は少ない。麻の赤いワンピースに黒いつば広帽子をかぶった波瑠の姿はよく目立った――東京の人波の中でも目立つ女だが。波瑠は先月六十歳になった。背が高く、肩と腰がしっかりしていて、イタリアの女優のようだ。

波瑠は町を外れ、山肌に打ち込まれたような石段を登っていく。幅が狭くて急なのに、六、七センチはあるヒールの靴で手摺りにも頼らずどんどん登っていくので、俺はヒヤヒヤする。登りきると土色の大きな鳥居があって、鳥居をくぐると「展望台」への方角を示す案内板があった。波瑠はそちらのほうへ行った。

さっき土産物屋でどんなふうに聞いたのだろう。「この辺に建物以外の名所はありますか」違うな、「どこか見晴らしのいいところはありますか」あるいは「山の上のほうに行くにはどうしたらいいですか」だ。展望台からは山と町並みと、さらに上方から落ちる細い滝が見えた。申し訳程度の柵に腹を押しつけて波瑠は乗り出す。やばい。きっと飛ぶつもりだ。俺は狼狽するが、心のどこかでそれを望んでもいる。波瑠が飛ぶなら俺も一緒に飛んでやろう。波瑠と同じかそれ以上に、俺も寂しいのだ。

俺は振り返り、一瞬遅れて波瑠も振り返った。男がひとり近づいてくる。紺のジャケットに白いTシャツ、あかるいグレイのチノパンツ。気が利いたふうな格好の、四十代半ばくらいの男。見覚えがある――同じ列車の乗客だ。

「やあ、こんにちは」

男はサングラスを外して波瑠に笑いかけた。

「こんにちは」

波瑠も礼儀正しく微笑み返す。鷹揚に、今、飛ぼうとしていたことなどおくびにも出さずに。波瑠というのはそういう女だ。

「あなたがここへいらっしゃるような気がしてましたよ」

馴れ馴れしい口調で男は言った。

「え？　どうして？」

「この町の中で、ここがいちばん素敵な場所だから」

波瑠は目をぐるぐるさせた。やれやれ、と思っていることが俺にはわかる。すっかり気がそがれたようで、まあそれはとりあえずよかった。

「おひとりですよね、僕もなんです」

そう言いながら男は波瑠の隣に来た。どこまでもずうずうしいやつだ。ふたりは名乗り合い、自分はファイナンシャルプランナーだと男は言った。書道をやっていますのと波瑠が言うと——ごく控えめな言いかただ——男は大仰に感嘆した。

「ずうずうしいお願いがあるんですが……ディナーのとき、ご一緒させていただけませんか」

断れ断れ断れ。俺は念じたが、波瑠は苦笑しながら頷《うなず》いた。

列車は駅を出発した。

波瑠は自分のコンパートメントに戻ると、ゆったりした座席に座って窓の外を流れる景色をしばらく眺めていた。何を考えているのだろう。以前ならきっとそうしたように、聞いてみたい。波瑠は決まってクスッと笑って、俺を安心させる答えを返してくれた。

それから波瑠は思いたったように立ち上がり、クローゼットの扉を開けた。すでに数着の服がスーツケースから取り出されハンガーに掛けてあったが、その中からエミリオ・プッチのロングワンピースを選んだ。

波瑠の着替えを、俺は凝視した。胸を掻きむしりたいような気持ちになるのは、もう二度と波瑠の肌に触れられないからだ。黒いレースのアンダーウェアが、肌の白さを引き立たせている。パンティストッキングは野暮だというのが波瑠の信条で、今日もちゃんとガーターベルトをつけている。

背中が大きく開いた、鮮やかなプリント柄のドレスを波瑠は身につけると、ゆうに十センチはあるピンヒールの靴に履き替えて、クローゼットの扉に嵌《は》め込まれた鏡に全身を映した。最高だよ。聞こえないことは承知で、俺は囁《ささや》く。最高だよは俺の口癖で、連発しすぎよとよく怒られたものだった。そんなに最高ばっかりあったら最高のありがたみがなくなっちゃうわ、と。俺がこの言葉を口にするのは、波瑠に対してだけだったのだが。

俺が波瑠と出会ったのは四年前だ。

俺は映画監督で、低予算の売れない映画ばかり撮っていたのだが、ある作品で書道のシーンが必要になり、伝手《つて》でその指導を依頼したのが波瑠だった。疎かった俺は知らなかったが、その世界の第一人者として誰もが名前を挙げるのが波瑠なのだった。

俺はすでに六十を越えていたが、それまでずっと独身を通していた。女性関係は多々あったが、一緒に暮らしたいと思う女に会ったことがなかったのだ。波瑠のほうは若い時代を、持病があった母親の世話に追われて過ごしていた。取捨選択が必要で、恋より仕事が大事だった。母親はその四年前に亡くなっていたが、そのときにはもう恋の仕方を忘れていたのよと笑っていた。

俺は猛アプローチした。初対面の日から、彼女のすべてにいかれてしまったのだ。鮮烈な思い出がある。はじめて波瑠の家に招待された日のことだ。

東京の外れの、見事な竹林に囲まれた古い平屋建ての生家に波瑠はひとりで住んでいた。囲炉裏《いろり》がある座敷で、彼女の手料理――その腕前は玄人はだしだ――を味わい、ハイペースで酒を飲みながら、俺はそわそわしていた。この食事が終わったあと、どうすればいいのか、俺がしたいことをしてもいいのかどうか全身全霊で考えていたからだ。

〆の鯛茶漬けを食べ終えると、波瑠はすっと立ち上がった。この日は和装で、鮮やかな山吹《やまぶき》色の紬《つむぎ》に、大きな椿の柄《がら》の帯を締めていた。こちらに近づいてきたのでドキドキしたが、それは俺の背後の襖を開けるためだった。振り返って俺はぎょっとした。隣室に布団が伸べられていたからだ。布団の枕元には水差しまで置かれていた。よくドラマなんかで見る料亭のしつらえ――悪代官とか悪徳政治家とかが女を呼びつけて狼藉《ろうぜき》を働く場所――にそっくりで、波瑠が「フッフッフッフッ」と科白《せりふ》を読むように笑ったので、そういうふうにわざわざ演出したのだということがわかった。だから俺は「アレーッ」と叫んだ。そして立ち上がった。そこから先は、もうふざける余裕もなかったが。

そういう関係になってからも、波瑠は一定の距離を置きたがった。一緒に暮らそうという俺の願いをなかなか聞き入れてくれなかった。ずっとひとりでやってきたのに、今さらそんな危険は冒せないわ、と波瑠は言った。どんな危険があるっていうんだよ？俺は言った。一緒に暮らしたら、失ったときの負担が大きすぎるわ。波瑠は言った。へたれだな、波瑠らしくない、と俺は言った。絶対に失ったりしないよ、約束する。あのとき俺が思い浮かべていたのは、心変わりのことだけだった。波瑠はどうだったのか。波瑠が根負けする形で俺たちは結婚したが、俺は約束を破ってしまった。

俺は波瑠のコンパートメントを出た。

どこかで誰かが、俺の噂をしているのを感じたからだ。今の俺にはできないことが多いが、逆にこんなふうに察知できることもある。

ダイニングカーではディナーの準備中で、テーブルをセッティングしながら俺のことを話しているのは紺の制服を着たふたりのクルーだった。

「直前ですか」

若いほうが言い、「そう、心臓らしい」と年配のほうが頷いた。

「キャンセルの申し入れはなかったんですね」

「もちろん、亡くなったご主人のぶんはキャンセルされたよ」

「いや、つまり……おひとりでも参加するというのは、奥様の意思ですか」

「うん、こういう場合だから、奥様のぶんのキャンセルも手数料なしで承りますという話はしたみたいなんだがね」

「つらいだろうなあ」

「少しでも気晴らしになるといいけどね。ちょっと注意して見ていてあげてください」

「わかりました」

「あまりベタベタしすぎないように……彼女にはそれと気づかせないようにね」

「そうですね」

そのとき男がその車両に入ってきた。あの男だ――展望台で、波瑠にコナかけていた奴。

「ディナーのテーブルのことでお願いがあるんですが」

７０２号室の女性と同じテーブルにしてほしいという要望を男は伝えた。さすがに表情には出さなかったが、今しも話していた女性にかかわることだったから、クルーたちは驚いたようだ。

「お相手の方もご承知でいらっしゃるのですよね？」

「もちろん」

頷いた男の自信たっぷりな顔に、俺のはらわたは煮えくり返った。

この特別列車での旅を思いついたのは俺だった。豪華さもロマンチックさも、俺の柄ではなかったが、柄ではないことをしてみたかったのだ、波瑠を喜ばせるために。

ディナー用のジャケットまで新調したのに、それを着る機会はなかった。俺は三週間前に死んだからだ。心筋梗塞だった。というのは死んだあとでふらふら漂いながら知ったことで、もちろんその瞬間は、何が起きたかわからなかった。

俺たちは結婚してから、波瑠の生家を手直ししながら暮らしていたのだが、その日は散歩がてら近くの渓谷に花見に行くつもりだった。波瑠が台所で弁当をこしらえている間、俺は仕事場にしている北側の部屋でカメラをいじっていた。突然、左胸に激痛が走り、声も出せずに座ったまま横様《よこざま》に倒れたところまでは覚えている。次に気がついたときには波瑠が俺の名を呼びながら、心臓マッサージめいたことをしていた。そのやりかたがまったくめちゃくちゃだったから俺は大笑いし、何してるんだ、何の冗談だと波瑠に言ったのだが、そのときはじめて、自分がすでに死んでいることを悟った。波瑠が全体重をかけて胸というか肋骨を圧《お》しているのに俺は何も感じなかったし、波瑠を振り向かせようとして肩に手をかけても何も摑めなかった。俺の魂はもう俺の体の外にあったのだ。俺が波瑠と一緒にいたのは三年と十ヶ月だった。たった四年足らずしか俺は波瑠のそばにいてやれなかった。

俺の体が救急車で病院に運ばれ、死んだことが確定しても、波瑠は泣かなかった。通夜と葬式の間も、墓の前でも、そのあとも、ずっと涙を見せていない。気丈な人だと、弔問客や親戚たちは囁いていたが、俺は心配でたまらない。波瑠はよく笑い、よく泣く女だった。映画や本の悲しい場面で泣くのはもちろん、友人や知人、あるいは見知らぬ他人が理不尽な目にあった話を見聞きし、それを俺に伝えるときにすら感極まって泣いていた。そんな波瑠が俺の死後、ひとりでいるときにはその顔から表情がなくなっていた。俺がはじめて見る顔だった。波瑠は気丈なのではない——紙みたいな顔で、溢れそうなものに蓋をしているだけなのだと思える。

男は目を見張った。

演技ではなく、本当に驚いているようだった——波瑠の美しさと優雅さに。波瑠は微笑むと、男の向かいに座った。

食事がはじまった。列車内の豪華な調度とともに、供される料理のすばらしさでこの特別列車は定評がある。俺も波瑠も食い道楽だから、楽しみにしていた。ふたりはシャンパンで乾杯した。その次は白ワインのボトルを開けた。男は俺や波瑠と同じくらい酒が強かった。つまり、ほとんど無敵に強い、ということだ。酔いもせず、調子よく会話を進めていく。波瑠もよく飲み、よく食べている。

「ここへ来る前に、振られまして」

男がそう言いだしたのは、白ワインの次に開けた赤ワインのボトルが、半分ほど空いた頃合いだった。

「その方と一緒にいらっしゃるはずでしたの？」

波瑠は聞いた。

「いや……失恋旅行ですよ。急遽予定を立てたんです」

波瑠は頷き、マデラ酒で煮込んだ豚肉に添えられた芽キャベツを口に入れた。

「あなたは？」

ややあって男が聞いた。波瑠は咀嚼《そしゃく》しながら首を傾げた。

「恐る恐る聞きますが……ご結婚は？」

芽キャベツを飲み込む間、波瑠は黙っていた。それから「してません」と答えた。

「母が長く患っていて。彼女は十年くらい前に亡くなりましたけど、それで私は」

出会った頃、俺に言ったように波瑠は言った。

「ずうっとひとりだったんです」

「そうでしたか」

男は重々しく頷いた。この話題にはそれ以上触れなかった。それ以上知りたくないわけではなく、戦略的なものだろう（ちなみにかつての俺の場合は、「現状、恋人もいないんですか」と畳みかけてしまった）。波瑠が俺のことをあかさないのは、俺にとってあるいは彼女にとっていいことなのか悪いことなのか、俺にはよくわからなかった。

食事を終えるとふたりはラウンジカーへ移動した。この車両は夜はバーになる。照明を落とし、ピアノとギターの生演奏でムードのある曲が流れていた。波瑠と男はここでは対面ではなくコーナーのソファに対角線上に（つまりさっきよりも体を近づけて）座り、小一時間過ごした。話はそれなりに弾んでいた。男は意外に映画の知識が豊富で、その方面の話をしているときには波瑠は楽しそうだった。俺は少々期待していたのだが、俺の映画の話は出なかった。まあ、ああいうタイプの男は俺が撮るような映画なんかには無縁だろう。波瑠が飲んだのはバーボンソーダ、バーボン、バーボン、ホットラムで、俺と飲むときのラインナップだったが、ピアノが俺たちの思い出の曲といえる〝ウィロー　ウィープ　フォー　ミー〟——彼女が俺との結婚を承諾したのは麻布十番の古いビルの地下にあるバーだった、そのときこの曲がかかっていた——を演奏しはじめても平然としていた。

男と波瑠は、波瑠のコンパートメントの前で別れた。波瑠は部屋に入ると、ディナーの間に設えられていた寝台の端にすとんと腰を下ろしたが、そのままの格好でハイヒールも脱がないまま、しばらくじっとしていた。まるで男が戻ってきてドアをノックするのを待っているようでもあり、実際、男がそうすることを俺は警戒していたのだが、彼は来なかった。その辺もきっと小狡《こずる》く効果を計っているのだろう。波瑠はドレスを脱ぐとシャワーを浴びて、備え付けのパジャマに着替えて寝台に入った。

俺もその隣に横たわった。後ろから波瑠を抱きしめ、波瑠の匂いを吸い込み、胸から腰へと手を這わせていった。もちろんすべては俺の妄想だ——そうしているつもりになっている、というだけのことだ。もう匂いすら、俺は感じることができない。ただ、思い出している。甘くてやわらかな波瑠の匂い。酒落じゃないが、春の匂いに似ていた。春の夜、粋狂で散歩に出たときなんかに、少し冷えた空気の中に混じっている、懐かしいような、寂しいような匂い。

あれだけ酒を飲んでいたのに、波瑠はなかなか眠れないようだった。もともと寝つきがよくなかった。私が眠るまでお話してちょうだいとよくせがまれた。俺は桃太郎や花咲か爺さんや浦島太郎をその場の思いつきでめちゃくちゃに改変した物語を作って話してやった。波瑠は笑い転げていつまでも眠らず、結局、俺のほうが先に寝入ってしまうのが常だったが。朝になると波瑠は、半分眠った俺が薄れ行く意識の中でひねり出したストーリーを再現して、また笑った。午前中の光がたくさん入るあの台所のテーブルで。

ああ、俺はどうして死んでしまったのだろう。

ようやく波瑠の寝息が聞こえてきたので、俺はコンパートメントを出た。男の様子を見に行くと、幸せそうな顔をして熟睡していた。ふん。俺は鼻息をひとつ吐いて、列車の外に出た。

列車の屋根の上に仰向けに寝そべった。子供の頃、アクション映画なんかで、疾走する列車の屋根の上でヒーローと敵たちがドンパチやるシーンが好きで、一度でいいから自分も走っている列車の屋根に乗ってみたいと思っていたが、実際に乗ってみるとどうということはない。もちろん俺が生きているときならまた違う感慨があったろう。死んでいるから何のスリルもない。身を切り裂くような風も感じない。ただ顔の上を星が流れていくだけだ。

俺は祈るべきなんだ。

俺は思った。

あの男とうまくいくように、というか実際のところ、波瑠があの男を気に入るように、俺は祈るべきなんだ。とにかく彼のおかげで、波瑠は飛ばなかったのだから。やっぱり波瑠には生きていてほしい。飛んでほしいなんて、俺は身勝手だった。波瑠の人生はまだたっぷり残っている。波瑠にはそれを生きる権利がある。

あの男と、長続きはしないかもしれない。だが、しばらくの間なら、慰めになるだろう。そうして少しずつ、俺を忘れてくれればいい。

俺は起き上がって屋根の上に立ち上がり、両手を空に伸ばした。そうすると空の中に上っていけるということを、誰に教わったわけでもなく俺は知っていた。だが俺の体は浮き上がらなかった。まだ重い。まだその時期ではないということらしい。


翌朝の朝食でも、波瑠と男は同じテーブルだった。食事の前にクルーが波瑠のコンパートメントを訪ねて、確認した結果だった。朝食のお席はいかがしましょう？　波瑠は考える様子もなく、昨夜と同じにあの男と同席すると答えた。

波瑠のほうが先に座っていたので、やってきた男はぱっと顔を輝かせた。おはようございます。よく眠れましたか。僕は少々二日酔いです。言葉を交わし、向かい合う。ふたりの様子は昨日よりもずっと自然で、親密さも増しているように思えた。昨夜の会話や料理や飲んだ酒やその量が、すでにふたりの共通の話題になっていた。波瑠はあかるい笑い声を立てた。

　食事が済むとふたりはいったんそれぞれのコンパートメントに分かれたが、次の停車駅では一緒に降りた。ここでもツアーが用意されていたが、波瑠と男はふたりだけで町を散策することにしたようだった。今日の波瑠はあかるいグレイのワイドパンツにレモン色のサマーニット、つば広帽子というスタイルで、首元に巻いているエルメスのスカーフは俺がプレゼントしたものだった——当時、エルメスのスカーフを恋人に贈るなんてことを思いついた自分に驚き呆れながら、おっかなびっくりブティックを訪れたときのことを俺は思い出したりした。

　焼き物で有名な町だったが、ふたりは有名な窯元《かまもと》の展示館や土産物屋などには立ち寄らずに、裏通りを歩いた。男には土地勘があるようだった。川沿いの町並みにはたしかに風情があった。俺が一緒でも、ここを歩いただろう。土地勘なんてなくても波瑠が気に入りそうな場所を見つけることにかけては自信がある。表通りのほうへ戻る角に骨董《こっとう》品《ひん》屋があり、ふたりはそこへ入っていった。この店のことも男は知っていたのだろう。和骨董だけではなくヨーロッパのアンティークもちらほら置いている店だった。古いものには目がない波瑠が皿やティーカップを見て回っている間に、男はブローチをひとつ選んで、プレゼントしたいと言った。直径四センチくらいのドームの中に鹿と葡萄を刺繍した布が嵌め込まれた、それほど高価でもない品で、正直なところ気の利いた贈り物だと俺は思った。わあ、と波瑠は声を上げた。しばらくぶりに聞く声だ。波瑠はそれを受け取り、セーターの胸元につけた——俺が贈ったスカーフで隠れないような場所に。

ふたりが駅に戻ると、列車が止まっているホームに、母親に連れられた男の子がいた。男の子は四、五歳くらいで、列車のクルーそっくりの制服と制帽を身につけている。本物のクルーがそのそばにいて、坊ちゃんはこの列車の大ファンで、いつもここで待っててくれるんですよ、制服はお母さんの手作りなんですよと説明した。男と波瑠は微笑んで男の子を見下ろした。可愛らしい子だった。俺は子供の相手が苦手だから、こういう場では愛想笑いだけしてさっさと列車に逃げ込むだろう。だが男は子供に敬礼してみせたり、母親にあれこれ質問したり、そつなくやっていた。波瑠はその子がかわいくて仕方がない様子だった。俺と一緒にいたときには見せなかった姿だ。

「あら、〝ケ〟って刺繍してある。ケンタ君かしら、ケンイチ君かしら？」

男の子の背中を見て、波瑠が言った。ジャケットの背の上のほうに、列車のシンボルマークを模した刺繍が施してあるのだが、そのマークの中の文字のことだ。母親は困った顔になった。

「あの……これは〝ケ〟じゃなくて数字の〝7〟です」

「あら！」

俺は思わず吹き出した。〝ケ〟じゃなくて〝7〟に決まっている。列車の名称に7がつくのだから。

「ごめんなさい！」

謝りながら波瑠は笑い、男も笑った。ケはひどいな。だってそう見えたんだもの。笑い合いながら、車内に入った。男はなにか言いかけた――たぶん、ラウンジカーでお茶か早めのワインでもどうですかと誘うつもりだったのだろう。だが波瑠はすうっと男から離れていった――口元に笑いをたたえたまま、そうしていることに彼女自身が気づいていないみたいに。

コンパートメントに戻ると、波瑠は座席に掛けた。それからあらためてクスクス笑い出した。

「清《せい》さん」

名前を呼びかけられて、俺はぎょっとした――一瞬、俺の姿が見えるのかと思ったのだ。だが波瑠が見ているのは俺がいるのとはまったくべつの方向だった。

「面白いことがあったのよ。私、失敗しちゃったの。子供がここのクルーの制服を着ていてね……お母さんに作ってもらったそうなんだけど、その背中のマークにね……」

クスクス笑い続けながら、波瑠はさっきの話をした。誰もいないコンパートメントの中で。

「男の子はぽかんとしてたけど、お母さんはちょっとむっとしてたわ。〝ケ〟だなんてね。カッコよく、数字の7だったのにね。子供の扱いかたってよくわからないんだもの、何か気が利いたことを言おうとしたのよ。それでよりにもよって〝ケ〟なんて言っちゃったのよ。だってそう見えたんだもの。傑作でしょう？」

笑いながら、波瑠は涙を流していた。そのうち笑い声は消えて、泣き声だけになった。波瑠はしゃくり上げながら怒鳴った。

「どうしていないの？　どうしてここにいないのよ？　話を聞いてよ！　一緒にゲラゲラ笑ってよ！」

俺は波瑠を抱きしめたが、もちろん彼女にはわからなかった。俺は波瑠より大きな声で泣いたが、もちろん彼女には聞こえなかった。ごめんな。ごめんな。俺はどうしたらいいんだ。

波瑠が泣き止み、俺を見た。というか、俺はそんな気がしたのだが、波瑠が見たのは俺の背後のクローゼットだった。

波瑠は立ち上がり、そこからスーツケースを引っ張り出した。この列車に波瑠はスーツケースをふたつ持ち込んでいるのだが、まだ開けていない大きいほうだ。波瑠がそれを開けると、中には和装一式が入っていた。波瑠がそれを身につけるのを、俺はぽかんと――その色っぽい仕草を堪能するのも忘れて――眺めた。着物は真珠色の留袖で、俺たちが結婚したとき、小さなリストランテを会場にして小人数の披露宴を開いたときに着たものだった。着付けが終わると波瑠は鏡の前に座って化粧を直し、髪を夜会巻き――という呼びかたを俺は以前に波瑠から教わった――に結い上げた。

それから波瑠はインターフォンを押した。ややあってクルーがやってくると、「お夕食のテーブルのことなんですけど」と彼に言った。

「あの方とは、べつのテーブルにしていただきたいんです」

クルーはちょっと緊張した面持ちで、波瑠の顔を見た。頬にパウダーがはたかれ、アイラインもアイシャドウもきれいに引き直されているが、さっき大泣きした痕跡は完全には消し去られていない顔を。

「……何かトラブルがございましたでしょうか?」

「いいえ、そうじゃないんです」

波瑠は微笑んだ。

「あの方と何かあったわけじゃないんです。ただひとり旅に戻りたいだけなの。あの方にはよろしくお詫びをお伝えください」

俺はそれからずっと呆気にとられて波瑠を見ていた。ディナーの時間になり、ダイニングカーへあらわれた波瑠、ひとり用にセッティングされたテーブルにすっと近づく波瑠。さっき泣いたことなどもう忘れ去ったように、薄く微笑み、まっすぐに前を向いて座る波瑠。俺の波瑠。なんてきれいなんだ、と俺は思う。披露宴のときよりきれいなくらいだ。今まで見た中でいちばんきれいかもしれない。

男がダイニングカーに入ってきた。波瑠に軽く会釈し、自分のテーブルに着いた。シャンパンのグラスが運ばれてくると、男は波瑠に向かってグラスをちょっと上げた。波瑠も同じ動作を返す。こいつもなかなかいい男じゃないか、と俺は思う。今回は残念だったが、遠からずきっといい女に巡り会えるさ、ドンマイ。俺は男に向かって言う。

俺はそれから、こころゆくまで波瑠を眺めた。いつまでだって見ていたかったが、そうできないのはわかっていたから、じゃあな、とできるだけなんでもなさそうに呟いて、再び、列車の屋根に上った。今夜も星がきれいだった。そして今夜、俺は心地いい夜風を感じた。匂いもした。波瑠の匂いだ。

俺は伸びをするように両手を挙げた。体がかるくなっていくのがわかった。さよなら、波瑠。俺は最後にそう言って、星に向かって上っていった。

ほら、みて

桜木紫乃 *Shino Sakuragi*

晴美《はるみ》が台所の床に散った油汚れに洗剤を吹きかけていると、和幸《かずゆき》が冷蔵庫から缶ビールを取り出した。プルトップを引き上げてすぐ、雑巾のすぐ向こうに立ったまま飲み始める。洗剤の霧をわざとその足にかけた。飛び退《との》いた和幸が「なにすんだよ」と台所を出て行く。リビングのソファーに音をたてて座ると、すぐにリモコンでテレビのチャンネルを変え始めた。晴美はひたすら台所の床を磨く。

ＪＲ九州の豪華列車ななつ星の抽選に当たったことが嬉しくて仕方ない和幸は、二か月前から何を言っても何をしても、苛立ったり声を荒げたりすることはなくなった。暦の上ではもう夏が終わったが、札幌の夏はまだ終わる気がないのか、八月末になっても日中は暑さが続いている。日が暮れるとぐっと気温が下がるので、真夏ではないのだろうが、日中締め切った部屋が三十度になればやはり暑かった。夫が機嫌良く暮らしているのは、なんにせよありがたい。ななつ星の抽選に当たったときの和幸は、文字通り飛び上がって喜んでいた。

旅は、決めた日から始まってるんだ、行くぞ――

何の旅なの――

夢の豪華列車だ、九州に行く――

春に市役所を退職してからの夫の腹は、三か月でひと回り膨らんだ。積極的に家事に関わろうとするのはいいが、皿洗いや簡単な料理、洗濯機の使い方など、教えた翌日から十年もやってきたかのように振る舞うので厄介だった。台所仕事と洗濯、家の周りの草むしりなど、気に入った家事を勝手に自分のものにして、ゴミ出しや干した洗濯物の始末には手をつけない。余所《よそ》の話を聞けば、何もやらずにテレビと酒の毎日に浸かる退職男もいるというから、まだいいほうなのだろう。

だけど、それももう少しで終わり――晴美は夫が退職してから毎日、少しずつ家の細かなところを掃除していた。ひとり息子が大学卒業、就職した五年前からの計画を実行に移す時期なのだった。

晴美は子供が巣立ってから心身のバランスを崩した。ふらりと入った書店の片隅で大人のための絵本読み聞かせに出会ってから、誰にも相談せず絵本セラピストの資格取得へと舵を切った。

絵本を一冊読んでもらっただけで、まさか自分が泣くとは思わなかった。さびしい、むなしい、かなしい、そんな感情と本気で向き合ったこともなかった。結婚してこのかた、子供のことと夫の世話と老いてゆく親たちのことで手一杯で、自分の気持ちなど真剣に考えたこともなかった。二年前に取得した資格で、無料のイベントに顔を売ってきた成果が出たのが、二か月前だった。

荒木《あらき》さん、うちで講座を開く気はありませんか――

生涯学習セミナーの講師に欠員が出たという。大人のための絵本が静かなブームで、小説家やタレント、女優が次々と絵本の出版をしていることも追い風になった。

さあここから、自分の新しいステージが始まるのだと心躍らせているそのときに降って湧いた、和幸からの旅の誘いだった。誘いというよりは、上司の命令に近い。行くと決めたら、晴美のほうに行かないという選択はない。驚きと当惑でぼんやりとしていると、和幸は不満そうな顔をした。

なんだ、俺と一緒じゃ嫌なのか――

あんまり急で驚いているだけ――

ななつ星は日本のオリエント急行だ、いっぺん乗れば一生の自慢になるぞ――

九月って向こうはまだ暑いんでしょ、なに着て行けば――

引き受けた講座の日程とぎりぎり重なっていないのが幸いだった。誠実ではない答えに自分でもうんざりしながら、気持ちの隅にちいさなしこりを見つけた。しこりは日々少しずつ膨らみ続け、やがて「疑問」という名が付いた。

晴美が絵本セラピストの勉強をしていたことも、資格を取ったことも、ましてやこの秋から講座を持ち、精力的に仕事をしてゆく準備が整いつつあることも、和幸は知らない。妻が昼間どんな勉強をしてどれだけ周囲に心配りをして生きてきたかなど、今回の旅の誘いひとつで、まるで興味がなかったことが露わになった。夫の前でこれみよがしに勉強することも嫌だったけれど、なにより自分は、家族には決して知られることのない「秘密」が欲しかったのだ。

自分の変化に気づいたあとは、ただ静かに時間をやり過ごしている。慰めは、家の掃除だ。毎日寝る前に家の中をひとつひとつ片付け、磨いてゆく。この作業が夫との関係を少しでも美しいものに変えるよう祈りながらやっている。磨いて、磨きあげたあかつきに、にっこり笑って心の中でさよならをするために。

和幸が提案した定年退職記念旅行は、晴美にとっての卒婚旅行だった。

台風がひとつ去った九州へ、新千歳空港からの直行便で降り立った。まだ三十度から下がらぬという気温は、北海道の同じ気温とはまったく違って息苦しくなるほどの熱気を持っている。深呼吸などしようものなら、つられて体温まで上がりそうだ。

家の近所でそろそろ力を失いかけている白樺《しらかば》の木を眺めながら暮らしている晴美にとって、初めて訪れた九州はまるで異国だった。建物の中にいる限りは空調がきいており快適なのだが、一歩外に出ると北海道ならば猛暑と名が付く暑さにみまわれる。残暑の定義が内側で崩れてゆきそうだった。

漆《うるし》を塗ったような車体はつややかに光り、乗務員はみな驚くほどの笑顔だ。笑顔に圧《お》されて戸惑うこちらの心が見えているような気遣いに気後れしながら、サービスを浴びる。流れている音楽も、狙いすぎない品の良さだ。この列車に乗るためにこつこつと小遣いを貯めてきたという和幸の告白に驚いたのは、ホームに立ったときだった。

それって、へそくりってこと――

そうとも言うけどな――

照れる表情が妙に若返ったように見えたのは、彼の若い頃を知っている古女房だからだ。この日のために買ったアロハシャツのお陰で、お腹は目立たない。ボタンがはじけ飛びそうなシャツを着せるのはしのびなく、これは武士の情けというやつだ。

新婚旅行が東京ディズニーランドという自分たちにとって、東京から向こうは未知の場所だった。常夏かと思うほど暑い土地に、夫のへそくりでやってきて思うことが卒婚旅行では、少々気の毒ではないのかという思いも湧いてくる。

いや、と胸の裡《うち》で首を振る。違う。自分はもう嫁としての務めを充分にやって来た。

彼の両親も、それぞれ数か月か半年という短い時間だったけれど付き添いをしてしっかり見送った。残るは施設に入っている実父ひとりとなれば、今飛び出さずして自分の自由はないのだ。

列車は、思いのほかゆっくりだった。ゆっくりというよりも、ゆったりとしている。客層も、思ったほど格式張ってはいないようだ。案内パンフにあったセミフォーマルという一文に、あんなに緊張しなくても良かったのだと胸をなで下ろした。

長細い部屋やラウンジが、二本のレールに乗り移動している。自分の思いを伝えるのに、これ以上の舞台はない。

カタタン、カタタン。レールのつなぎ目が非日常へ向かっていることを知らせてくる。足を伝わり腹へ胸へやがて全身へと、レールの振動を伝えてくる。

テレビ番組で観た一流割烹のような昼食に、和幸はシャンパンを合わせた。そっと「乗ってるあいだ、ほとんどの酒はタダなんだよ」と耳打ちされて興が冷めた。豪華を謳《うた》った列車の中でそんなひとことの出る夫と暮らした年月が、晴美の脳裏をぐるりと巡って戻ってくる。

男子を産まねば嫁に非《あら》ず、という空気の中で授かったひとり息子のこと。助産師に「お産が終わるまでどうか性別は報《しら》せないでください」とお願いするほどに切羽詰まっていた嫁の覚悟。めでたく男子をひとり得た日、お産の痛みも責任も吹き飛んだのだった。ただ無事に生まれてきてくれたことだけを喜べなかった記憶が、なかなか塞がらない傷になっている。

　毎週のように孫の顔を見せに通った婚家は、長男を産んだ直後から「二人目」の縛りをきつくした。姑の「さっさと産んだほうがあんたが楽だから」という言葉に、うっすらと反発したものの、とうとうその希望と忠告には応《こた》えられなかった。それも不愉快へのひとつの復讐に思えたのは、ただの若さだったろうか。こちら側の不満などおくびにも出さずに看取れたことに満足している。情よりも責任を優先させてきたことは、結果として間違いではなかった。親の死を思い出すとつい反省と自慢を往復してしまう。晴美はちいさく首を振った。こんな感情は、この先の足手まといだ。

　カタタン、カタタン。足下から伝わる繋ぎ目の響きがリズミカルだ。アップライトのピアノが「いそしぎ」を演奏している。思いのほか九州の味付けは甘めで口に合った。

「ここにいるだけで、本当にリタイアしたんだなあって思うな」

　車窓に広がる緑を眺めながら、感慨深げに和幸がつぶやいた。子供が自立するまでローンと学費で家計はギリギリだった。大きな旅は、彼にとっては稼がねばならぬことからの解放なのだろう。満足そうな頰が、在職時より持ち上がっている。

　晴美は夫に、不備のない勤め人生活を送らせたという自負がある。異動があると半年は不機嫌が続いたことも、親との間にあったあれこれはできるだけ耳に入れぬようにしてきたことも、子供の反抗期すらじっと耐えたことも、みな晴美の内側で煮詰めて冷凍した。解凍さえしなければ、永久に出てくることはない。

——なんとか言ってくれよ

はっとして夫の顔を見た。眉間の皺が深くなり、眉尻が下がっている。目の前で、注がれたシャンパンに頭を下げる男が誰だったか思い出す一瞬、晴美の口からほろりと言葉が滑り出る。

「ごめん、慣れてないから、つい」

うん——和幸の口もわずかに重くなり、デザートが出るころにはすっかり会話がなくなった。卒婚をいつ切り出すかに気を取られて、四十年にわたる仕事をねぎらうことも、旅を楽しむ気持ちもうまく落ちてこない。多少の申しわけない気持ちがシャンパンの泡に似た速度で上ってきた。

せっかくなのだからと、もう一杯頼んだ。立ち上る金色の泡を見て、結局自分も頭を下げて礼を言っていることに気づいた。

有田焼の窯《かま》を見学する際、和幸が一対の夫婦茶碗を買った。決して安くない買い物だけれど、いまここで夫の財布を心配しても仕方ない。

いつ言おう、どこで切り出そう。そう考えているうちに再び車両に戻ってきた。汗をかいたのでシャワーを浴びてくる、という和幸に、トランクスとシャツを渡した。

旅慣れていない夫婦の荷物は、前後泊を入れて三泊四日とはいえ、キャリーケースとボストンバッグがそれぞれふたつになった。暑かったらどうしよう、シャツの替えが足りなくなったらどうしよう、あれこれ思い煩っているうちにどんどん荷物は増えていった。トラベル用の化粧品は高い。いつも使っている瓶ごと持ってきた自分に、多少がっかりしながら化粧バッグを取り出した。コンパクトの鏡に映し出した目元は、下瞼にアイラインが落ちてひどいありさまだ。慌ててクレンジングシートで化粧を落とす。

カタタン、カタタン。腰を下ろしたソファーごとどこかへ運ばれてゆく。繋ぎ目をひとつひとつ越えて、和幸とふたり、ずいぶんと長いレールを走り続けてきたことを思った。

三十年か――

二十五歳から五十五歳まで、なにひとつ悔いてはいないけれど、なにかひとつが足りないのだった。

シャワー室から戻ってきた和幸が、タオルを踊らせながら頭を拭いている。

「すっきりした。晴美さんもどうぞ」

一瞬耳を疑った。夫に名前で呼ばれたのはいつ以来なのか、思い出せない。はいはい――気づかなかったふりをして立ち上がる。

カタタン――今度は気持ちがおかしな音を立てた。

「ねえ、なんでいきなり名前で呼ぶの」

「いいじゃない、たまには」

「良くないよ、ぜんぜん良くない」

和幸は洗いっぱなしの髪に指を入れ眉尻を下げる。夫に名前で呼ばれたくらいで動揺するのは、これが自分にとって卒婚旅行だからだった。

「勘違いされると困るから、もう言っちゃうけど」

吸って吐いて呼吸を整え、もう何か月も前から用意していたひとことを告げた。

「わたしね、卒婚したいんだ」

卒婚――言ったきり、和幸の顔から表情が消える。うん、卒婚。

「離婚、じゃないんだよね」

「うん、卒婚だよ」

「いま流行《はや》ってる、あれだよね。お互いに自由に生きようっていう。家庭に縛られないとか、個人を優先するとか」

「そう、戸籍はそのままで、夫と妻っていう役割から解放されるの」

言葉にしたところで、あれ？　と思ったのだった。卒婚の意味から説明しなくてはいけないと思っていたのだが、夫はその言葉についてしっかりと知識を持っていた。

並んだベッドの片方にどさりと腰を落として、和幸が大きく息を吐いた。

「良かった、離婚じゃなくて」

本当に安堵しているらしく、両手を上げて伸びをしている。ティッシュを引き抜き大きく洟《はな》をかんだあと、もう一度「良かった」とつぶやいた。

「離婚って言われたらどうしようかなって、退職前からずっと考えてた。そんときはそんときだと思ったり、そんなのあんまりだと思ったりさ。切り出されたら、絶対に敵《かな》わないって思ってたし」

でも――そこだけ口をもごもごさせて、ようやく聞こえるくらいの声になる。

「もう、好きではないんだよね」

晴美は正直に「よくわかんないの」と答えた。よくわからないけれど、夫に追従しているよりもやりたいことが見えてしまった。そこをうまく説明出来たなら、卒婚などという流行りの言葉に自分を入れ込むこともない。ただ、長く一緒にいたぶん離れるのにも時間がかかるのは承知している。離れがたいとは思わないけれど――一緒にいたいとも思わない。長じて、無理して一緒にいたくない。これが本当のところなのだ。

「好きとか嫌いとか、そういうことでもない気がするの。それで片付くのなら、却《かえ》って気持ちは楽だと思うの」

胸に渦を巻いている思いを、どうにかこうにか言葉にする。ゆっくりと息を吐くように声にした。

「おとうさんと一緒にいて、特別につらかったことはなかったと思う。こういう気持ちになった理由の多くは、自分の問題じゃないかなって」

カタタン、カタタン。レールがふたりの隙間を繋いで、前へ前へと車両を運んでゆく。これからに向かって、今を運んでいる。

沈黙が重たくなりかけた頃、和幸が「うん」とひとつ頷《うなず》き、穏やかな口調で言った。

「絵本の仕事が、したいんだろう。去年、教育委員会に行ってる同期から聞いた」

生涯学習の文化講師に推薦された者の名簿に晴美の名前があり、もしかしたらお前の女房じゃないのかと訊《たず》ねられたという。

「俺が知らないあいだに、ずいぶん勉強してたんだな。絵本の読み聞かせに資格があることも、それが心療セラピーとして認定されてることも知らなかった」

きっかけは何だったんだと訊《き》かれ、素直に「子離れ」と答えた。

「そうか、何にも応えてないように見えたけどなあ」

「秋から、講座を持って働けるようになったの。週末しかセラピーを受けられない人のために外に出ることもある」

初めて、いい大人になってから他人に絵本を読んでもらって泣くとは思わなかったのだと告げた。一冊ずつ集めた絵本が、自分の書棚いっぱいになって、嬉しかった日を思い出した。

「いつか趣味で集めてるって言ったけど、嘘になった。わたし、あの絵本で仕事がしたかったんだ」

　今さらながら、一冊一冊が和幸の月給から少しずつやりくりしながら揃えたものだったことを思った。

「絵本を揃えられたのも、講座に通えたのも、一生一度の旅も、みんなおとうさんのお陰なのにねえ」

　それ以上、言葉が続かない。和幸も「うん」と言って下を向いた。

いたたまれなくなって、シャワー室へ向かう。シャワーに打たれていても、和幸の「もう、好きではないんだよね」が耳の奥から離れない。改めて訊ねられて、よくわからないと答えた情の薄さをこの先どう畳み込んで生きて行こう。

　ディナーのために用意したエメラルドグリーンのワンピースは、夏物最終セールの七割引だ。自分の「今」が、どこに向かって運ばれているのか、見えなくなった。

　髪を整え、鮮やかな色のワンピースをしっかり着こなすために化粧をし直す。目元と口紅に気をつければ、ファンデーションは薄めでいい。ひたすらレールを進んでゆく列車には、肌をほんのりと白く見せてくれそうな暖かな明かりがたくさんあった。

　昼間よりほんの少し笑顔の減った和幸が、ぽつんと言った。

「飯は、今までどおり一緒に食べられるんだろうか」

「おとうさんが仕事してたときは毎日お弁当を持たせてたし、朝も晩もちゃんと支度してたでしょう。これからはそういうことを考えないでいたいかなって。でも考えてみたら、一緒に暮らしていて別々も不経済だね」

夫としてのあなたから女房としての私を取り外すことはできないかと言っているのだった。

「俺は、そんなにおかあさん――晴美を縛ってきたかな。そんなつもりはなかったんだけれども」

「やらなくちゃいけなかった役割と時間がありすぎて、自分がなにをしたいのかがそっくり棚に仕舞ってあったみたいなの」

その先に、好きなことを見つけたので女房を辞めますと言っている。いや、違うのだ。晴美は目の前に運ばれてくる極上の料理をぽつぽつ口に運びながら、ただ自分を納得させるためだけの言葉を選ぶ。

「うまく言えないんだけど、もう別に夫婦でいなくてもいいんじゃないかって思ったんだ」

言ってしまってから「ああ」と胸の裡でため息をついた。そんな思いに取り憑かれたひとときがぐるりと晴美の脳裏に返ってくる。

なんとなく手を伸ばした夫の体に、軽い拒絶を見た日だった。そこから肌を合わせることも.なくなった。女として心細い時期があの日を境に始まったのだ。些細といえば些細な、疑いと呼ぶにはあまりに淡い、女としての存在価値を疑い始めたところに来た、あれが男女関係終了の決定打に思えた。

シャンパンを足高のグラスから半分喉へと流し込み、和幸が言う。

「夫婦の定義がはっきりしないから、卒婚の意味もよくわかんないね。ごねてるわけじゃないよ、理解したいだけ」

あの日からなるべく夫を男として見ないよう努力をしてきた。絵本に出会って、ひと泣きして、自分は新しい居場所に向かって歩き始めたのだ。

「俺って、そんなに物わかりの悪い男なのかなって、いま思ってるんだけど。お互い、時間に少し余裕が出来て、好きなことをするのはいいと思う。だけどできればこのまま、この節目に名前をつけないで――何年か先に振り返って、あのときがあって良かったねっていう生活を続けたい」

出来れば卒婚などという名前をつけずにこの関係を維持出来ないかという提案だった。それでは、なにも変わらないのだ。晴美の気持ちはこのゆっくりとレールを往く車両くらいに揺れている。

「俺が日中も家にいるのが煩わしいなら、週に何日かバイトを見つけるのもいいと思ってるんだけど、妥協案としてどうだろう」

「そういうことを、わたしに訊ねないで欲しいの。外で働きたいのなら、働けばいいと思う。そのための卒婚なんだから」

軽く目を瞑《つぶ》った夫からようやく「そうだよな」というつぶやきを得た。

「ずっと、俺が悪いのかなと思っていたんだ。男って、生きてるだけでどこか後ろめたいもんだからさ。六十になって分かったことだけど。晴美とふたりきりの生活に、立ち止まる時間ができて、何につけハッとしたりビクビクしたりすることが多くて、正直こんなしんどい毎日はビールの一杯も飲まないとやってられんなと思ったよ」

再び自分の名を呼び捨てにしてくれる人が現れた。それが夫だったことにすこし戸惑っている。

「いきなり名前で呼ぶことにしたのは、どうしてなの」

テーブル脇にシャンパンボトルを持ったスタッフがやってきて、微笑みながら注いでゆく。立ち上る泡は上を目指し、まっすぐだ。上った先ではじけることなど思いもしないひたむきさに、胸が苦しくなる。和幸がひとこと「関係を変えたいなら、呼び名も考えないと」と言った。異動して仕事の内容が変わったときにファイルの背表紙が一新するようなものだという。諦めと安堵と年相応の落ち着きと少年のような不安な目元が一緒くたになっている。

「じゃあ、わたしも和幸さんって呼んだほうがいいよね」

「呼びたいように、呼んでくれ。新しいルールも、ゆっくり教えてくれるとありがたい。今すぐたくさん覚えるのは難しいけど、時間をかけて出来るようにするから」

晴美の肩から、かくんと力が抜けた。いま和幸が言ったひとことは、三十年前に聞いたプロポーズとほとんど違わなかった。子供をひとり大人にして、出会ったころのやり直しとまではいかないけれど、改めてお互いを見つめ直しているだけなのだろうか。

勇気も覚悟もなく、卒婚という言葉に自分を流し込んでいた日々を反省は出来ない。あの時間が救ってくれたものも確かにあったのだ。

慣れぬ手つきで肉を切り、口に運んだ。車窓に自分たちの姿が映っている。晴美の視線を和幸が追う。ガラスの中で見つめ合うと、なにやら気恥ずかしくなってくる。

若いころより頰が下がった。目の下にも加齢によるくぼみがある。肩先も丸くなったし、洋服もワンサイズ上がった。お互いにウエストをマークする服などもってのほか。和幸の髪も八割が白髪になった。お互い、時間をかけて手に入れた今をどうすればいいのか迷っている。晴美は改めて旅の意味を考えた。居場所を移して見えてくるのは、非現実の中に潜む抗いがたい現実だった。

部屋に戻る際、弧を描く細い通路で和幸がよろけた。晴美が咄嗟にその腕を摑んだ。晴美の手を握り無言で通路を進む夫についてゆく。

思わず腕が伸びたのだった。

客室に戻ると、和幸が自分の荷物の中から角封筒をひとつ取り出した。落とし気味の照明の中に現れたのは、晴美の書棚に入っていた一冊の絵本だった。

「これ、好きなんだよね。旅先で読んでもらおうと思ってたんだ。本当はセラピストが選書するって知ってるんだけど。俺、この本がいちばん気に入ってるんで」

頼めないかなと言われ、市販の折り紙と同じサイズの絵本を受け取る。

サット・ハミルトンの『ほら、みて』だった。

「セラピーっていうより、ただの読み聞かせになっちゃうよ」

和幸は「いいんだ」という。

「なんか、今まで来たことのないところで、晴美の声で好きな本を読んでもらう。俺にとっては贅沢の上に安心が乗っかってる感じ」

酔った男の饒舌《じょうぜつ》さが、なにやら可笑《おか》しく思えてきた。薄暗い部屋でふたりきりになったのも、この場所が動いていることも、夫が選んだ一冊が『ほら、みて』だったことも、何かの巡り合わせなのだろう。晴美が絵本セラピストになろうと思ったきっかけの一冊は、夫のいったいどのあたりに響いたのか。

深呼吸をひとつしてから、夫から体ひとつぶん離れたベッドの縁に腰掛けた。

開いた頁にぽつんとひとり、男の子が湖を眺めている絵がある。

「ほら、みて。水がきれいだ。いつのまにかぼくは、こんなところまできたよ」頁をめくる。

「ほら、みて。空もきれいだ。いつのまにかぼくは、上をむくのをわすれていたんだ」頁をめくる。

「ああ、そろそろきてくれないかな。もうひとりの、ぼく」頁をめくる。

「呼んだかい」

水の中から現れたのは、心の内側にいたもうひとりの「ぼく」だった。湖畔に腰を下ろして、頁をめくるたびにひとつずつ問い、答える。

「ほら、みて。もう日がしずみそうだ。そうだね、もう日がしずむね」

少年たちは夜通しそんなやり取りを続ける。しんしんと湖畔に染みてゆく夜がふたりを包んで、やがて朝がくる。

「ほら、みて。もう朝だ。そうだね、もう歩いて帰ることができるね」

少年たちは森の道を家へと引き返してゆく。細い道や急な場所、励まし合いながら森から林へ、そして山里へ。

「ほら、みて」

振り向くと、一緒に山をおりてきたはずのもうひとりのぼくはいなくなっていた。引き返そうかと思ったところへ、人里のはずれから少年を探す家族の声がする。

ぼくは戸惑いながらもうひとりのぼくを探す。ひとりでは心細かったろう道を戻ってきたぼくが見たのは、昨日より少しだけ大きくて赤い朝焼けだった。

本を閉じた。

親の庇護なしに生きてゆく息子や、状況に迷いそうになっている自分や、急に軽くなってしまった荷物のことが、ぐるぐると全身を巡った日のことを思い出した。

読み終わったあと、いつもならテーマにそって参加者に質問を投げかけ、あらかじめ用意しておいたワークシートに答えを書いてもらうのだった。どんな答えも否定をしない、自分たち絵本セラピストは安全な場所を提供して、心の中の澱《おり》を吐き出す安心を得てもらう。

けれど今日はどんな質問も持ち合わせていなかった。

——そうだね、もう歩いて帰ることができるね

晴美の内側でこの一行がこだまになって響いてくる。明るくなった森を抜け、ふたりで助け合って山を降りてゆくのだ。

あの日、ひとりで歩いて行けると信じた自分が、いまも同じかたちをしているのかどうか、誰に問えばいいだろう。

「良かったよ、晴美の声は速くもないし高くもない。とても聞きやすい。俺がどうしてこの本が好きになったのか、読んでもらってやっとわかった」

和幸は少し間を置いて、もう一度「良かったよ」と言った。

「この本、わたしも好きなんだ。初めて自分のために買った絵本だったんだよ」

『ほら、みて』と、内側から響いてくる声がある。

――もう歩いて帰ることができるね
確かめる時間は、まだある。

カタタン、カタタン。レールの繋ぎ目は最後の一本まで続いている。終着駅から再び走り出すときも、同じレールを使うのだ。

ねえ――もう一度ラウンジへ行って、甘いお酒を一杯だけ飲んでこようか。

カタタン、カタタン。

レールの振動が、響き合いながらふたりを運んでゆく。

夢の旅路

三浦しをん *Shion Miura*

「疲れた？　大丈夫？」

と篤子《あつこ》に聞かれ、私は暗い窓から車内へと視線を戻した。

「大丈夫。おなかいっぱいになって、お酒も入って、ちょっとぼんやりしちゃった」

照明を絞ったラウンジカー「ブルームーン」は、今夜も雰囲気のあるバーに変身した。ピアノとバイオリンの生演奏に耳を傾けながら、乗務員さんが運んできてくれる愛らしいカクテルを味わえるとあって、ここが列車内だということを忘れてしまいそうだ。最前からマジシャンが各テーブルをまわり、トランプを使ったマジックを披露している。自分が選んだカードを見事に言い当てられた乗客が、「えー、すごい！」「全然タネを見抜けないね」と歓声を上げている。

「本当に、どのお料理もおいしかったし、いろんな催し物も楽しくて、夢みたいな旅だったねえ」

と篤子はうなずく。「明日はもう『ななつ星』から降りなきゃならないなんて、さびしい」

篤子とのつきあいは六十年にもなるけれど、素直に感情を表明し、朗《ほが》らかにしゃべる姿は、出会ったころとまったく変わらない。中学生の篤子が目のまえに座っているような気がして、私は微笑んだ。

「そんなこと言って、敬《たかし》さんが心配で、早く会いたいんじゃないの？」

「ない、ない。ご飯は作り置きとレトルトでなんとかなるし、うるさいこと言う私がいなくて、あのひともここぞとばかりに羽のばしてるでしょ」

「そうだといいんだけど……。のばせるのかしら、羽」

「無理か。ぎっくり腰だもんね」

私たちはくすくす笑いあう。

本来であれば、篤子はこの豪華列車に夫の敬さんと乗るはずだった。来たるべき金婚式のお祝いにしようと思いついた子どもたちが、何年もかけてコツコツとお金を貯め、乗車チケットをプレゼントしたのだ。

ところが出発一週間まえになって、敬さんが腰を痛めた。リビングの電球を替えようと椅子に上った途端、「うっ」と言ったきり彫像のように動かなくなったそうで、「手を貸してなんとか床に下りるまで十五分はかかったわよ」とは篤子の談だ。幸い、痛みは軽くなりつつあるらしいが、旅行はどうにも無理だということで私に白羽の矢が立った。『ななつ星』はとても人気の列車で、急なことで代役を務めようにも仕事の都合がつかなかった篤子の子どもたちも、「何度も抽選に申しこんで、やっと乗車できることになったんだから、キャンセルするのはもったいないよ」と、私が行くことに快《こころよ》く賛同してくれたらしい。

私はといえば、二年まえに夫を亡くし、二人でずっと営んできた小さな貿易会社を信頼のおけるひとになんとか引き継ぐことができて、ホッと一息ついたところだった。時間も多少の蓄えもあったので、篤子から『ななつ星』乗車の話を持ちかけられ、「ぎっくり腰に苦しむ敬さんに申し訳ないな」と思いながらも喜んで応じた。

私たち夫婦には子どももなく、家庭でも職場でも同志のようだった夫を心筋梗塞で突然失って、でもそれをちゃんと悲しむ余裕もないまま、会社のあれこれに奔走する二年だった。ようやく落ち着き、「さて、これからどうしよう」と空いた時間を持てあます日々だったから、篤子の申し出はとてもありがたいものだったのだ。篤子と私は家族ぐるみのつきあいで、敬さんも私の事情をよく知っているので、気分転換になるだろうと、ぎっくり腰をきっかけに気をつかってくれたのかもしれない。

同行者の名義を変更したり、車内でのディナーの時間に着る服を選んで荷づくりしたりと、出発まえはバタバタだった。でも、『ななつ星』の旅は素晴らしいもので、本当に来てよかった。篤子と私は子どもみたいにはしゃいで、うつくしい意匠のほどこされた客室内を仔細にあらため、案じていたほどの揺れはなかったので、べつの客車まで遠征し、通路に飾られた絵やオブジェを眺めて歩いた。『ななつ星』は客車ごとに通路の内装も変えているほどの凝り具合で、線路を走る高級ホテルといった趣《おもむき》があった。

とはいえ、肩肘張ったところはまるでない。私は当初、「乗客の大半はものすごいお金持ちばかりだろうし、乗務員さんもツンと澄ましてるんでしょう」などと予想し、その点だけは気が重かったのだが、実際はそんなことはなかった。乗客同士が無理やり仲良くしなければいけないような雰囲気はまったくなく、どのひとも節度を持ってほかの客としゃべったり適切な距離を置いたりするので、それぞれの詳しい背景はよくわからない。ただ、客はみな、自分にとって大切なひとと、かけがえのない旅の時間を過ごすために、仕事やお金をやりくりして『ななつ星』に乗車したのだと見受けられた。想像のなかに棲息する、「乗務員さんに無理難題をふっかける傲慢な金持ち」など一人もいない。乗務員さんたちもまた、慎みと配慮をもって、けれど「自宅に友人か親戚が来た」かのように、ぬくもりに満ちた気の置けない接客をしてくれる。

マニュアルなどないみたいな心のこもった振る舞いに、篤子も私もすっかりリラックスし、そうかと思えば、さきほどまでにこやかに接客をしていた乗務員さんが作業着に着替え、真剣な表情で機関車の入換をするのを、停車した『ななつ星』の窓から眺めて驚くのだった。聞けば、乗務員さんのなかには車掌さんの資格を持っているひともいて、接客のみならず列車の運行にも携わるのだという。

初日の夜、乗務員さんが客室のソファをのばして、ベッドに変身させてくれた。清潔なリネンがピンと敷かれた二台のベッドに横たわり、篤子と私はいつまでもおしゃべりに興じた。

「修学旅行みたい」

と篤子は言った。

「そういえば高校生のとき、修学旅行で寝台列車に乗って九州に行ったわね」

と私は遠い記憶を引っぱりだした。「あのときはたしか、二段ベッドだったけれど」

「あー、そうだった、そうだった。あれはもう……、半世紀以上まえ⁉」

篤子は「ひえー」と笑う。「私たち、ずいぶん出世した感じがするね」

「一生に一度ぐらい、豪華な旅をしてもバチは当たらないんじゃないかしら。でも、あなたはもう一度、敬さんとこの列車に乗りなさいよ。すごく楽しいもの」

「あのひととは、べつのとこに行けばいいわよ」

篤子はゆるゆると寝返りを打ち、私のほうに体を向けた。「もう一度乗れるなら、また志摩《しま》ちゃんとがいい。あなたと一緒だから楽しいの」

薄暗がりのなか、篤子の目がきらめいている。私は篤子のその言葉には返事をせず、優雅なアーチを描く天井を見上げた。

夫よりも長い時間、ともに生きてきたひと。若いころのお互いも、どんな喜びや苦しみを味わいながら年を重ねたかも、ほとんどすべてを知り、分けあってきたひと。

列車は夜の線路をことこと走る。風向きによるのだろうか、たまに機関車ががんばるオイルの香りがほのかに鼻をよぎって、なんだか大きくて優しい獣みたいだと思う。

篤子と『ななつ星』に乗ることができて、私は幸運かつ幸福だ。

バーと化した「ブルームーン」では、まだまだ乗客の歓談がつづき、ピアノとバイオリンが奏《かな》でる心地いい音楽が流れている。

「ねえ、さっきなにを見てたの？」

篤子がグラスを揺らした。グラスには、雲間から差す日の光とそっくりな色をしたカクテルが入っている。宮崎で採れた柑橘類を使って、乗務員さんが作ってくれたものだ。九州各地の名産品を、手のこんだお料理や飲み物で味わえるのも、目にも舌にもうれしいことだった。特に篤子は専業主婦で、あまり遠出をする機会もなく、長らく子どもや孫の世話に追われてきたから、おいしくめずらしい食材の数々にすっかり浮き立っている。家事をしなくていい解放感も手伝ってか、食事やバータイムのたびにいろんなカクテルを試していた。おっとりしているようで、案外酒豪なのだ。

「外はもうすっかり暗いのに」

たしかにそうだ。窓は黒い鏡のようになってひさしく、たまに街灯や踏切の赤い警告灯や人家の明かりがよぎるほかは、車内で語らう人々の姿を映しだすばかりだ。

『ななつ星』は、客室や「ブルームーン」、ダイニングカーである「木星」はもちろんのこと、通路にも大きな窓があって、篤子と私は部屋でおしゃべりするときも、通路を歩いているときも、「木星」で食事をするときも、車窓からの風景を飽かず眺めていた。工場の向こうに垣間見える波の輝き。窓ぎりぎりまで迫った山の緑。畑で作業をするおばあさん。マンションのベランダで孫を抱っこしたおじいさん。列車と併走する牛の絵が描かれたトラック。庭で揺れる色とりどりの洗濯物。庇《ひさし》の下に乗り捨てられた三輪車。持ち主はきっと、おやつでも食べに家へ駆けこんだのだろう。

『ななつ星』が通るのを見て、沿線から笑顔で手を振ってくれるひとも多く、私たちも夢中で手を振り返した。窓がつぎつぎに映しだすひとの営みも、変化に富んだ地形も、うつくしくいとおしいものばかりだ。私たちはいま、つかのまの夢のような旅のさなかにあるけれど、私たちがもといたところ、この列車から降りて帰っていく「日常」も、決してつらく退屈なだけの場所ではなかったのだと、気づくのに充分な光景だった。篤子は夕方、保育園の園庭で遊ぶ小さな子どもたちに手を振りながら、「ああ、もう日が暮れちゃう」と名残惜しそうにつぶやいていた。

私は熊本産の白ワインを飲み干し、

「星を見てた」

と答える。

「え、見える？」

テーブルに腕をつき、窓のほうへ身を乗りだそうとした篤子を制し、

「これ」

と窓辺に設置されたスタンド型の照明を指す。ドーム状の笠を持つ、キノコみたいな形をした愛らしいスタンドは、各テーブルの窓辺にひとつずつついている。車内から見ると、笠は白い無地なのだが、車外に向いているほうには星のマークが刻まれていて、夜になると窓に映る仕掛けだ。

「そうだねえ、星だ」

篤子は指先でスタンドを軽くつついた。「夜、走っている『ななつ星』を外からも見てみたい。きっときれいでしょうね」

窓ごとに灯った淡い光に浮かびあがる、黒い星。流れゆくその星の列を、笹藪のなかから不思議そうに眺めるタヌキの親子がいるだろう。

「篤子はこれまでのところ、どこが一番よかった？」

「なかなかむずかしい質問ね」

篤子がわざとらしく腕組みをしてみせる。「ゆうべ泊まったお宿も、大満足の温泉とお料理だったし、門司港駅《もじこう》もレトロで見どころがいっぱいだった。でも、強いて選ぶとしたら、七島藺《しちとうい》体験かしら」

少し驚いた。阿蘇の雄大な景色も満喫したし、車内でのイベントにも私たちは積極的に参加して、組子細工を作ったり、リクエストした曲を生演奏してもらったりして楽しんだではないか。けれど篤子が一番気に入ったのは、初日に車内で行われた、七島藺を使った小物の製作体験だという。実は私も、「もっとやってみたい」と思ったのがそれだったので、驚いたのだ。

七島藺は、国東《くにさき》半島で栽培されているカヤツリグサ科の植物だ。形状としてはイネの葉のように細長く、けれどももっとまっすぐで青々として、しかもひとの背丈より高くのびる。もともと琉球畳の畳表はすべて、七島藺を織って作られていたそうで、藺草《いぐさ》を織った畳表よりも艶や肌触りや耐久性に優れているらしい。

『ななつ星』で過ごす一日目の午後、ダイニングカー「木星」で、七島藺を使ったコースターづくりの体験会が行われた。七島藺でさまざまな小物や敷物を製作しているという若い女性が二人、途中の駅から乗りこんできて、希望者に作りかたをレクチャーしてくれたのだ。細い束にした七島藺と、ハサミや紐といった道具も運びこまれ、我々乗客は二人一組になって、えっさえっさと細長い草を縒《よ》りあわせた。

篤子と私もテーブルを挟んで、一方が束の根もとをつかんで固定し、もう一方が力をこめて草をひねりと、隙間なく縒りあわされるよう協力して作業にあたった。乾燥した七島藺は縒るたびに、お日さまをいっぱい吸いこんだ香ばしい草の香りを放ち、指のあいだでしなやかにくねる。ついに根もとから先端までを縒りあげると、細い綱《つな》のようになった七島藺の束は、つややかな光沢を放った。それを、とぐろを巻く蛇のように丸めて、円形の台座に糊で固定すれば、コースターのできあがりだ。夏は涼やかに、冬は植物のあたたかみを感じながら、一年を通して使うことができそうだと、篤子は大切そうにコースターをバッグにしまっていた。

「若い女の子たちが、伝統の技を熱心に受け継いでいるのが頼もしかったし、教えかたもとってもわかりやすかったし」

腕組みを解き、グラスを手にして篤子は言う。薄日色のカクテルは残り少なくなっている。

「なによりも、志摩ちゃんと力を合わせて作れたのが、いい思い出になった」

「私もそう思ってた。手さきを使うのって、けっこう夢中になれていいものだったわね」

「あらまあ。ぶきっちょで、家庭科の浴衣も全部お母さんに縫ってもらってた志摩ちゃんが、手仕事のおもしろさに目覚めるなんて」

「そういうことは思い出さないでちょうだい」

夜をゆく列車が徐々に速度を落とす。駅が近い。

「なにかべつのお飲み物をご用意しましょうか」

と乗務員さんが聞きにきてくれたけれど、それは断って、私は席を立った。

「ちょっと休憩してくる」

「はいはい、いってらっしゃい」

篤子は飲み物のメニューを広げ、つぎなるカクテルをなににするか、乗務員さんに相談を持ちかけた。


悪い習慣だとわかってはいるが、煙草をやめられない。死んだ夫も喫煙者で、仕事を終えて一緒に帰宅し、簡単な夕飯を摂《と》ったあと、私たちはリビングのソファで煙草を吸った。その日あった出来事や、翌日に会社でやるべきこと。とりとめもなく話すあいだに、ゆっくりと二本、せいぜい三本。とてもくつろいだ時間だった。いまもふとした拍子に、煙草を挟み持つ夫の指の形を思い出す。年を取るにつれ少々節くれだっていった、馴染みぶかい形を。

昨今のご時世から、『ななつ星』はもちろん全面禁煙だ。でも、私が煙草を吸うと知った乗務員さんたちが、駅に停車するたび、喫煙ルームやホームに設置された灰皿の場所を教えてくれる。都会の駅ではすっかり見かけなくなったが、鄙《ひな》びた駅のホームの隅っこには、風前の灯火《ともしび》とはいえまだ灰皿が置かれているところがあって、私はこの旅の途中で何度か、端から端までだれもいないホームで、鳥のさえずりを聞きながら煙草を吸った。

正確に言えば、喫煙の連れは一人だけいた。鶴巻《つるまき》さんだ。四十代半ばだろう鶴巻さんは、私や篤子より少し年上らしきお母さんと一緒に、『ななつ星』に乗車した孝行息子だ。ダイニングカー「木星」で食事するときや、阿蘇見物に行くためのバスに乗り換えるとき、お母さんをさりげなく気づかう鶴巻さんを見て、

「いいひとねえ。うちの息子にも見習わせたいもんだわ」

と篤子がため息をついていた。鶴巻さんは会社の有休をやりくりして、お母さんに付き添っているのだが、この旅行はきょうだいでお金を出しあってプレゼントしたものだという。その点では篤子の子どもたちも同じように親孝行だと思うのだけれど、

「鶴巻さんとちがって、ぜんっぜん気が利かないんだから」

と篤子はご不満のようだ。

『ななつ星』には三十名弱の乗客がいるが、駅に停まるたびに灰皿を求めて降車するのは鶴巻さんと私だけで、

「まさか喫煙率が一割未満とは……。四月からは駅も全面禁煙で、ホームの灰皿も撤去だそうで。肩身が狭い世の中ですねえ」

「それも時代の流れね、しょうがない。でも、お仲間がいてくれてよかった。心強いわ」

などと親しく話すようになった。

悪い習慣にも少しはいいところがあって、鶴巻さんと私は、朝靄《あさもや》に包まれた阿蘇駅のホームで、澄んだ空気を思いきり吸いこむことができたし（煙草の煙も吸ったわけだが）、豊後竹田駅のホームから滝が見えることも発見した。車内にとどまっていたほかの乗客は、だれも知らない。

鶴巻さんは根っから穏やかで優しい性格のようで、お母さんのみならず私にまで気配りを見せる。跨線橋を渡って喫煙所まで行かねばならない駅では、階段でそっと手を貸してくれたし、一緒に列車に戻るときも、景色を眺めるふりでゆっくり歩いてくれる。

「ブルームーン」で篤子と飲むのを中断し、二号車のドアから深夜の鹿児島中央駅のホームに降り立った私は、視界の隅で鶴巻さんが手を振っているのに気づいた。案の定ここでも、鶴巻さんは列車が停車するのを待ち兼ねる思いで、ホームの端にある灰皿へと突進したらしい。

バーを抜けだした恰好のまま、黒いワンピース一枚で出てきてしまったので、夜は

少々肌寒い。私は肩をすぼめながら灰皿へ歩み寄り、

「こんばんは」

と鶴巻さんに挨拶して、掌で風をよけつつ煙草を吸いつけた。

「こんばんは。マジックご覧になりましたか」

「あら、鶴巻さんも『ブルームーン』にいらしたの。気づかなかった」

「僕たちは奥のテーブルだったから。あれはどういうことなのかなあ。ものすごく近くで見たのに、まったくタネがわからない。『キツネにつままれた』ってあああいうことですね」

「私、しまいにはなんだか腹が立ってきちゃいましたよ。『老い先短いんだから、ちょっとぐらいタネを教えてほしいもんだわ』って」

「それじゃマジックにならない」

「ほんとね。マジックを楽しむセンスに欠けているんだと気づかされました」

私たちは笑いあった。鶴巻さんは私よりも重い煙草を吸っていて、甘渋い香りが鼻さきに漂ってくる。

「室崎《むろさき》さんは、お連れのかたとても仲がいいんですね」

と鶴巻さんは言った。「いつ見ても楽しそうにおしゃべりをしている」

「六十年ぐらいのつきあいになるけど、なぜかまだしゃべることがあるのよねえ。それ

どころか、生きてるとどんどん話したいことが積み重なっていくみたい。篤子ともしょっちゅう首をかしげてるわ。『私たち、くだらないことをよくこんなにしゃべりつづけられるわよねえ』って」

「いいなあ。僕なんてそろそろ、母と客室で顔を突きあわせてるのが気詰まりになってきましたよ。お互い、改めて話すべきことなんてないし、母は僕のいびきやら服装やらに文句を言うし」

「親子ってそういうものでしょう」

もう立派な大人なのに、鶴巻さんのお母さんの目には鶴巻さんが、いまも小さいころと変わらない姿に映っているのかもしれない。私は煙にまぎらわせて笑いを漏らした。

「あなたはまだお若いんだから、ご友人と『ななつ星』に乗る機会も巡ってくるんじゃないかしら」

「いやあ、男同士で旅なんて、しません、しません。それにどっちにしろ、話すことないですよ」

「あら、お友だちなのに？」

「そんなもんです」

そういえば、いま『ななつ星』に乗りあわせている客はみな、夫婦や母娘らしきひとたちばかりで、男性の二人連れは一組もいない。夫も生前、仕事相手の男性とさかんにしゃべっていることはあったが、その内容はといえば業務に関することばかりだった気がするし、たまに学生時代の友人と飲んで帰ってきても、相手の近況などはまったく把握していない始末だった。「じゃあ、飲みながらいったいなにを話したのよ」と聞いても、「さあ、特に……」という返答で、なんとも茫洋《ぼうよう》としたものだとあきれるしかなかった。

「つまらないわねえ、男のひとに生まれるのって」

と私が灰皿で煙草をねじ消すと、

「いや本当に」

と鶴巻さんは真面目ぶった顔つきでうなずいた。「さびしい老後になりそうで、いまから不安です」

鶴巻さんは私たちよりもさきに、お母さんと一緒に「ブルームーン」から客室へと引きあげた。もちろん、私たちのテーブルの横を通りすぎるとき、篤子と私に折り目正しく「おやすみ」の挨拶をすることも忘れなかった。小柄なお母さんも鶴巻さんの背後から顔を覗かせ、私たちは会釈しあう。

「本当に感じのいいかたたちねえ」

篤子は感に堪えないようだ。

何度も二人で煙草を吸ったのに、鶴巻さんは篤子のことを、「ご友人ですか」とも

「ごきょうだいですか」とも聞いてこない。私たちの関係を名づけることで規定しようとはしない鶴巻さんを、私も好もしいと思っている。

客室のコンパクトな洗面所で化粧を落とし、顔を洗ってクリームを塗りこんだ私は、柿右衛門《かきえもん》作だというううつくしい洗面鉢のまわりに飛んだ水滴をトイレットペーパーでぬぐい、境の引き戸を「よいしょ」と開けた。

ふたつ並んだベッドのうち、通路がわのほうで、篤子が布団をかけて仰向けになっていた。

「もう電気消していい？」

と聞いても、篤子は黙っている。朝になっても起きてこなかった夫を思い出し、

「ねえ、ちょっと」

と布団越しに篤子の脚を揺さぶった。

「んあ」

と篤子が声を上げる。「なに、電気？　消していいよ」

「ぽっくりいっちゃったかと思うじゃないの。前触れなく寝ないで、ちゃんと『おやすみ』って言ってからにして」

私は部屋の照明を落とし、窓がわのベッドにもぐりこむ。

「無茶なこと言わないでよ、睡魔って急に来るでしょ」

「そこを我慢するのが年寄りのたしなみです」

「そんなたしなみ、はじめて聞いた」

暗闇のなか、すぐ隣のベッドでぐふぐふ笑う篤子の声だけが聞こえる。列車は今夜じゅう、鹿児島中央駅に停車し、明日の早朝には山間部へ向けて走りだす予定だ。駅も、『ななつ星』も、いまは静かに眠っている。

「そういえば、七島藺を縒りながら思い出したことを、いま寝ながら思い出したんだけどさ」

と篤子が言った。

「わかりにくいわね」

「志摩ちゃん、高校生のときに、憧れの先輩にマフラー編んで渡したよね」

「そういうことは思い出さないでちょうだい」

「なんて名前の先輩だっけ。あのマフラー、どうなったのかしら」

「すぐに捨てられちゃったんじゃない」

「そうかな。こっそり大事に取っておいてくれたんじゃないかって気がするけど。きれいな青いマフラーだったもの。志摩ちゃんぶきっちょだから、編み目はガタガタだったけど」

「おやすみ」

私は布団を顎の下まで引っぱりあげた。

「えー、まだおしゃべりしましょうよ」

と、すっかり眠気が覚めたらしい篤子がぶうぶう言う。「ねえ、志摩ちゃんは国東半島に行ったことある？」

「ううん」

「じゃ、今度一緒に行きましょ。七島藺が生えてるところを見てみたい」

「車がないと、行くのけっこう大変なんじゃないかな」

「そうか。よし、志摩ちゃん運転して」

「あなたこそ無茶言わないでよ、もうすぐ後期高齢者のペーパードライバーに」

私の抗議を聞いているのかいないのか、

「ああ、楽しみね」

と篤子は夢想を広げる。「私たちコンビを組んで、七島藺を綯ったり編んだりして暮らすの。そのうち名人と言われるようになるかも」

「相当の修練がいるでしょう。私たちじゃ時間がたりないと思う」

「そしたら来世は国東半島に生まれればいいわよ」

「あなたと私で？」

「うん」

「本気？」

「本気、本気」

と篤子が枕のうえでうなずく気配がする。

「それもいいかもね」

と、生まれ変わりなんてこれっぽっちも信じていないくせに私は言う。

さっき「ブルームーン」で、私は本当は星を見ていたのではない。カクテルをうれしそうに飲んでいる、窓に映る篤子を見ていた。

夫の死を報《しら》せたとき、篤子は私の自宅に駆けつけてくれた。検死もすみ、病院から帰ってきた夫が横たわるベッドのかたわらで、呆然と座りこんでいた私の両手をきつく握り、篤子はぼろぼろと涙をこぼした。

「大丈夫。志摩ちゃん、私がそばにいるから大丈夫よ」

と言って。

そのときに思った。夫を見送れてよかったのかもしれないと。私がさきに死んだら、他愛ない話をする友だちだっているんだかいないんだかわからない夫を、ひとりぼっちにさせてしまうところだったから。

同時に、篤子よりさきに死にたいと思った。生活のなかで考えたり感じたりしたことを、篤子と私は折節《おりふし》語らい共有してきた。篤子は私にとって、だれよりも長い時間、喜びも苦しみも分けあってともに年を重ねた大切なひとだ。そんな篤子を失ったら、私にはもう心の奥底を伝えたい相手はほかにいないから、生きていたって死んだも同然になってしまうだろう。

望みどおり私がさきに死んでも、篤子はまあ大丈夫だ。夫も子どもも孫もいる。篤子には一生幸せでいてほしい。どうか私より長生きしてほしい。自分が人生の終盤に至って願うことがこれだとは、若いころは予想もしていなかったけれど。

深い親愛と信頼が私たちのあいだに根を張り、六十年をかけて大きくまっすぐな瑞々しい葉をのばしている。七島藺に似たこの植物の、養分となったものの名はなんだろう。恋とはちがう。家族ではない。だけど、「友だち」という言葉でも言い表せない。

私が篤子に寄せる思い、私たちの関係に、名前はない。世界中のどこへ旅しても、きっとふさわしい言葉は見つからない。でも、これだけはわかる。もしも篤子の存在がなかったら、私はいまの私にはなっていなかった。夫でも親でもほかのだれでもなく、篤子こそが、時間をかけて私という人間を形づくってくれたのだ。

「志摩ちゃん、寝ちゃった？」

隣のベッドから小さな声がする。

「ねえ篤子。手をつないでもいい？」

いやだもどうしてもなく、篤子がごそごそと身じろぎする気配がした。私は仰向けのまま、ベッドとベッドのあいだに手を差しだしてみる。すぐにあたたかい篤子の手と行きあたり、私たちは布団から片腕だけ出して中空で手をつなぐ。

「だめだわ、寝そう」

と私は言い、

「私も」

と篤子があくびをする。「明日の朝は、日本三大車窓のうちのひとつが見られるんだって。どんな景色か楽しみね」

「うん……。いいからもう寝て」

「はいはい」

おやすみを言いあっても、私たちはつないだ手をそのままにしている。一晩じゅう停車しているはずの大きくて優しい獣が、オイルの香りをふりまきながら走りだす。

私たちが運ばれたさきでは、中学生の篤子と私が、青々と生える七島藺に囲まれ、畑のなかで座っている。過去か来世か夢かわからないけれど、力を合わせて七島藺を縒り、編みあげる私たちの笑い声が、国東半島の晴れわたった空に溶けていく。

帰るところがあるから、旅人になれる。

糸井重里

イラスト——柳 智之

Shigesato Itoi

いまはもう、どこに行っても見られないだろうと思うけれど、ぼくがいまよりもっとなんにも知らないころ、「おさるの電車」というものがあった。東京から100キロ離れた前橋市というところに、とても小規模な遊園地があった。そこには幅の狭いレールが敷かれていて、電車が走る。ゆっくりと、こどもが怖がらないような速度で「おさるの電車」は走るのだった。ただそれだけのことだけれど、その遊園地に行くたびに、ぼくはそれに乗ることを父親にせがんだ。

85 帰るところがあるから、旅人になれる。

はじめのうちはわかっていなかったけれど、「おさるの電車」はおさるの運転する電車ではなかった。ふだんは動物の檻《おり》に暮らしていたおさるは、電車の先頭のところにチェーンで繋がれているだけで、運転どころかあくびひとつしていなかった。その少々の誇大広告ぶりについては、わざわざ大人に質問しなくても理解していた。それでも、ぼくはあの「おさるの電車」に乗るのが好きだった。しばらくしてから、「おさるの電車」の先頭には、運転をしないおさるどころか、おさるの人形がくくりつけられているだけにまでなったが、それでも、ぼくはその「おさるの電車」に乗ることがうれしかった。

「おさるの電車」は、係員のだれだかの機嫌のいいときには、ひと廻りで停車するかに見せかけて、ふた廻りしてくれるのもたのしみだった。

「おさるの電車」は、どこに行くのでもない電車だった。乗車券を買って、その切符にハサミを入れてもらい、木製のプラットホームから乗車して、その乗った場所に帰ってくる。ぼくの鉄道体験は、どこにも行かない「おさるの電車」からはじまっていたのだった。出発して、同じところに帰ってくる、おさるが運転しているわけじゃない「おさるの電車」を、ぼくはじゅうぶんに好きだった。

テレビ番組の取材で、「ななつ星」に乗れると知ったときに、ぼくはもう「おさるの電車」に乗っていたころの幼児ではなかった。つまりその、それから60年以上も生き延びていたので、いろいろの物事の酸《す》いやら甘いやら道理やら事情やらもずいぶん知るようになっていた。明日の朝、「ななつ星」に乗車するという前夜に、あらためて考えはじめていた。

みんなが乗りたがる「ななつ星」が、博多の駅を出発して、博多の駅に帰ってくるということについて、なんだか妙なものだなぁと気になりはじめてしまったのである。

89　帰るところがあるから、旅人になれる。

ぼく自身のことで言えば、飛行機に乗って東京からやってきた。そして、早めの朝に出発する「ななつ星」に乗るために、駅のそばのホテルを確保してもらってそこに宿泊している。それで、そのすばらしい列車「ななつ星」に乗って、目的地はどこなんだっけと思えば、それはない。あえて言うなら目的地は元の博多駅なのである。

妙な気分とは思ったけれど、そのことを否定しているわけではない。「ななつ星」という豪華なデザインとサービスとなにやらの列車に乗って、その乗っていることそのものがたのしいのだから、どこへ行こうがかまわないじゃないか、ということだ。ちゃんとわかっている。

そういえば、いつも使っているスマートフォンには「乗り換え案内」のアプリがあって、そこでは乗り換えや所要時間を調べるために目的地を入力することが当たり前になっている。ぼくも、よく利用している。こういうことがクセになっていて、目的地がなければはじまらないというような考えになってしまっているのかもしれない。

日常の会話でも、旅といえば目的地のことが中心である。ちょっと旅行に出ていたんだよ、と言えば、当然のように「どこ行ってたの？」と質問されるだろう。「ちょっと旅に出てたんで」と言って、「どこ？」と返ってこない会話というのは相当に冷たく感じられるのではないだろうか。「旅に出てたんだよ」「あ、そうだったんだ」で、会話としては成立するだろうけれど、なんとなく主役のないままの芝居みたいに思える。

「ななつ星」が、博多駅を発《た》って、博多駅に戻ってくるということは、旅ではなく「遊びの時間」なのかもしれないなと、眠ろうとするベッドのなかで考えていた。

ぐるっと廻って同じところに立っているということの価値について、変に大人になってしまったぼくは、無意識に、それについての説明のようなものを求めていたのだろう。

「ななつ星」に乗り込むために、博多駅のどこかにある「前室」のようなところに集合して、たくさんの「ななつ星の観客」の皆さんの笑顔に見送られてからのことは、もう、書かないことにする。乗ってみなきゃわからないというのが、「ななつ星」のなによりのコンセプトだ。どれだけ紹介されても、説明されても、乗客になった人たちだけがわかる「たのしみ」の正体は伝えられないだろう。

93　帰るところがあるから、旅人になれる。

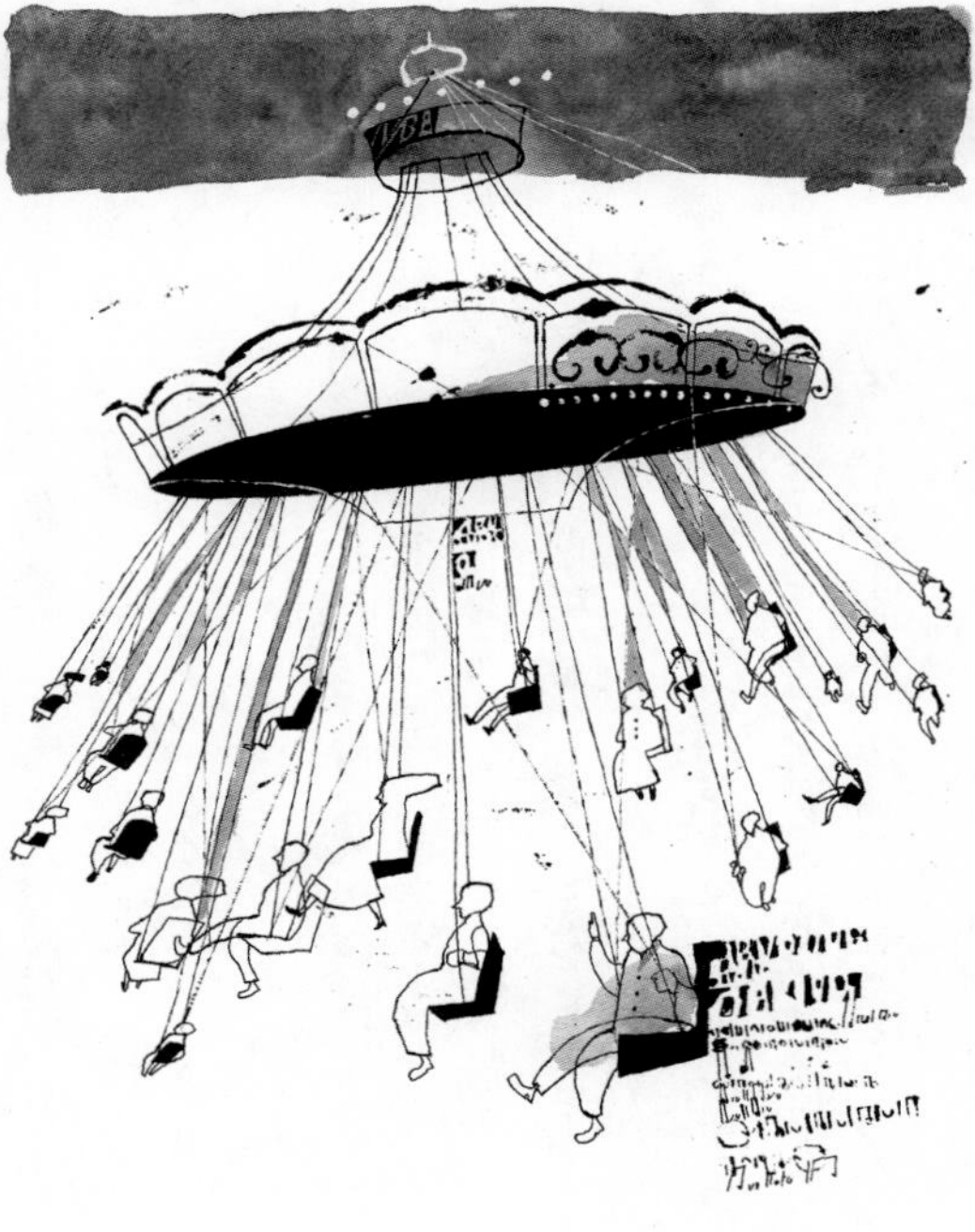

この旅を体感して、予定通りに博多駅に到着したぼくは、目的地などということばそのものを、すっかり忘れてしまっていた。ひょっとしたら、どこかの小さな駅に降り立ったときに、ベンチのどこかに忘れてきたのかもしれない。なに？　その、目的地って？

ぼくは、博多を出て、博多に帰ってきた。そうでなかったら、いまもどこかで彷徨《さまよ》っているということになる。帰るところがあるから、帰ることが決まっているから、人は旅人になれるのだ。帰るところのない旅は、旅とは言えない。それは、引っ越しというものだし、もしかしたら行方不明ということにもなる。

あらゆる旅は、乗ったところに降り立つ「おさるの電車」なのである。「おさるの電車」のおさるが、こどもたちに目的地を尋ねてそっちへ走っていたなら、そこからはもううれしい夢でなくなる。熱に浮かされたときに見る悪夢だ。

博多駅に到着して、いろんな意味で「ななつ星」を動かしているたくさんのスタッフに、くたびれるほど手を振って、さらにぼくは空港に向かい、やがて東京の自宅に帰ってきた。そうそう、もともとは、ここから出発したのだった。なにかにつけて、目的やら目的地やらを確かめようとするのは、悪い癖みたいなものだ。人は、いつでも旅立って、ぐるぐる廻って、同じところに帰ってくる生きものなのだ。

「ただいまー」、ぼくは何十年も、ずっとぐるぐる廻る「おさるの電車」に乗ってきたのだ。

旅する日本語

小山薫堂

イラスト――信濃八太郎

Kundo Koyama

幾星霜

トンネルを通過する時間が好きだ。
真っ暗でつまらない、と思うのではなく、
トンネルを掘った人たちの仕事を想像する。
厳しい環境の中で何年も何年も掘り続ける苦労を
自分の苦しみに重ねて暗闇を見つめ続ける。
そして……やがて見えてくる出口の光。
苦しみの先にある幸せを教えてくれるトンネルは、
私の希望のお守り。

幾星霜《いくせいそう》

苦労を経た上での、長い年月。

老春

新しい春が来るたび
人は老いてゆく……と思っていた。
けれども、この旅の途中に気づいたのだ。
それは変えられる、ということに。
旅先で出会う風景、料理、そして人……
ワクワクする気持ちには
自分の春を巻き戻す力がある。
さて、次はどこへ行こう?
この旅がまだ終わらないうちに
次の計画を立てている自分がいる。

老春《ろうしゅん》

高齢者が青年のように若々しくしていること。

相生

妻と旅をすると、いつも決まって喧嘩になる。
思えば、新婚旅行の時もそうだった。
本当に些細なことがきっかけで
言い争いになり、しばらく無言の時間が流れる。
仲直りの方法は、とびっきりの料理。
美味しさに顔が綻び、
いつの間にか互いの怒りは消えている。
今度こそは、喧嘩のない旅をしよう!
そう言い続けて30年……
これが我が家の旅のスタイル。

相生《あいおい》

夫婦が一緒に長生きすること。

忘憂の物

列車に揺られながら好きな酒を飲む……
これほどに贅沢な時間はない。
しかもここは九州。
駅につくたび、麦、米、芋という
その地の焼酎に出会うことができる。
嫌なことを忘れるために飲む酒はここにはない。
わたしがこの旅で飲んでいるのは、
いい思い出だけを記憶するための酒なのだ。

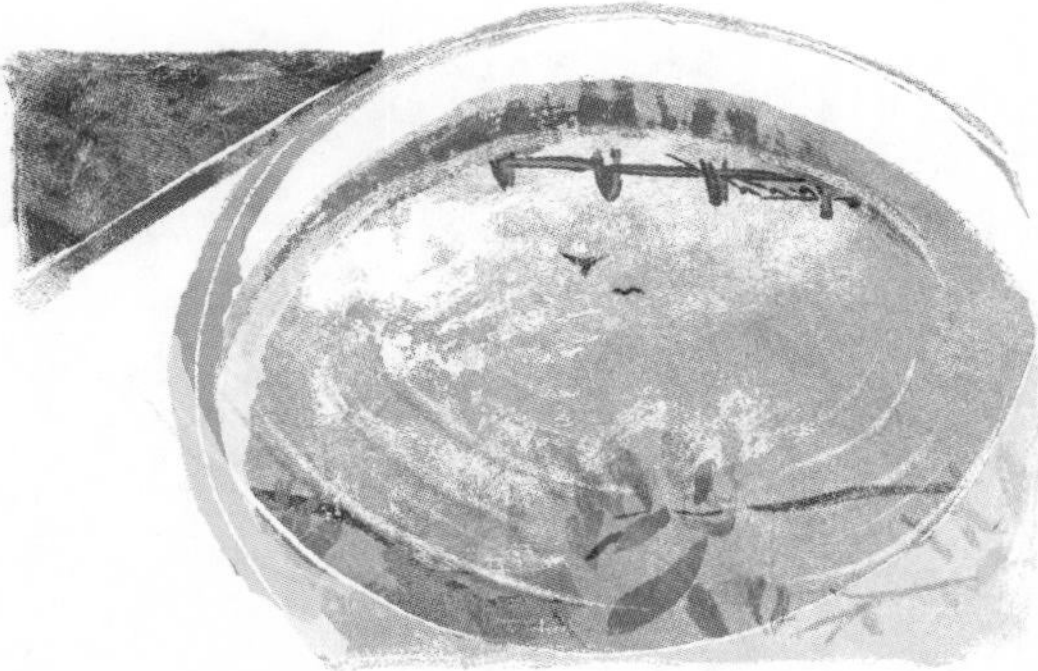

忘憂の物《ぼうゆうのもの》

酒の異名。

家苞

旅先で見つけた絵葉書に向かい、
列車に揺られながら万年筆を走らせる。
文字が踊っても、気にすることはない。
それもまた、旅の足跡。
駅に着くと、真っ先にポストを探す。
こうして旅先から手紙を出すことが
いつの間にか、わたしの習慣になった。
その宛先は……自分自身。
旅をしているわたしから
旅を終えたわたしへの伝言。
それが自分に贈るいちばんのおみやげ。

家苞《いえづと》

自分の家へ持って帰るみやげ。

蘇息

阿蘇の草千里《くさせんり》ヶ浜に立つと
つい深呼吸がしたくなる。
草の香りを胸いっぱいに吸い込み
ゆっくり息を吐き切る。
すると……
心の底に溜まっていたモヤモヤまで
一緒に吐き出した気分になる。
わたしはいったい、何を悩んでいたのだろう?
九州の雄大な自然は
弱った心に魔法をかける。

蘇息《そそく》

休憩すること。
また、安心すること。

紐帯

ななつ星は幸せの紐。
九州に散らばっているステキなものを探し
それぞれを結ぶことで幸せを作り出す。
ななつ星は思い出の帯。
九州で生まれた心に残る思い出を
ぜんぶまとめてぐるぐる巻きにする。
ななつ星は紐と帯。
旅を終えて列車を降りるとき、
自分の涙がその意味を
教えてくれる。

紐帯《ちゅうたい》

人と人を結びつける
重要な役割を果たすもの。

ムーン・リヴァー

恩田 陸 *Riku Onda*

耳元でハーモニカの音を聴いたと思った。

吹きかけてすぐに止めたような、ほんの短いメロディ。

「あれ？」

思わずそう呟いて振り向いたが、細い通路には誰もいない。

「どうかしたか？」

前を行く兄貴が振り返る。

「兄貴、キミコ姉ちゃんのハーモニカ持ってる？　今、ハーモニカの音がしたような気がしたんだけど」

「いや、部屋に置いてきたよ」

「そうか。空耳かなあ」

ハーモニカは、風が吹き込んだりすると、誰も吹いていないのに音が鳴ったりする。

「もしかしたら、キミコ姉ちゃんがホントに吹いてたのかもな」

「この旅、来たがってたもんなあ」

キミコ姉ちゃん、と呼んではいるが、キミコは我々の姉ではない。正確には、我々からみて叔母であり、我々の母、喜佐子《きさこ》の十歳年下の妹だ。

小学生の我々が事故で両親を亡くした時、喜美子《きみこ》叔母はまだ二十六だった。以来、我々の母親代わりとなって、ずっと面倒を見てくれたのだが、「おばさん」と呼ぶにはあまりにも若かったので、自然と「キミコ姉ちゃん」と呼ぶことで落ち着いたのである。

中学校の英語の先生をしながらキミコ姉ちゃんは我々を育て上げ、結局、生涯独身のまま、最後は校長先生まで勤め上げた。定年後も請《こ》われて若い先生の補佐で教壇に立ち続け、いい加減に身体もきつくなったので引退しようか、という矢先に病気が見つかった。

働きづめでロクに旅行もしたことがなかったキミコ姉ちゃんが、この豪華寝台列車の旅に憧れていたのを知っていた俺たちは、二人でツアーに応募し続け、ついに当たってこの旅を彼女にプレゼントすることができた。キミコ姉ちゃんは大喜びで、この旅を楽しみにしていたのに、急激に病状が悪化して、ついにツアー当日を迎えることなく亡くなってしまったのだ。

あたしが行けなくなったら、あんたたち、二人で行ってきて。あたしの代わりにこの子、連れてってね。この子に九州の景色、見せてやってね。

キミコ姉ちゃんは、自分が旅に行けないことを予期していた。

この子、というのはキミコ姉ちゃんが愛用していたハーモニカである。

ハーモニカを吹くのはキミコ姉ちゃんの趣味で、子供の頃からよく聴かせてくれたが、明らかに素人ばなれしていて、とても上手だった。我々が小学校でプカプカ吹いていたハーモニカとは似ても似つかぬ、実に繊細かつ多彩な音色にいつも感心したものだ。実際、彼女が愛用していたのは、学生時代にアルバイトをしてお金を貯めて買った、かなり高級な楽器らしい。

病気になって呼吸器官が弱くなったキミコ姉ちゃんは、もうハーモニカを吹くことができなくなっていた。けれど、枕元のすぐ目の届くところにいつも置いてあって、しばしばそっと手を伸ばして撫《な》でさすっていたっけ。

自宅で療養していた頃、我々はどちらかが訪ねていっては、彼女の大好きなハーモニカ奏者、トゥーツ・シールマンスのレコードを繰り返しかけた。彼の作った名曲「ブルーゼット」をはじめ、「ムーン・リヴァー」「いつか王子様が」「イパネマの娘」などなど、どこか懐かしく、泣きたくなるような数々の曲に、キミコ姉ちゃんはじっと目を閉じて聴き入っていた。

「しかしなあ。どう見ても、それらしきものはないよなあ」

「いったいどういう意味だったんだろう?」

もう行けないと分かっていても、キミコ姉ちゃんは豪華寝台列車のパンフレットを繰り返し楽しそうに眺めていた。

車内の写真、見取り図、沿線の景色。彼女の脳内では、きっと自分も列車に乗って、旅をしている気分だったのだろう。

病院でも、彼女はパンフレットを手放さなかった。

ある時、ふと何かを見つけたように「あら」と言って彼女は笑った。

何? と我々が尋ねたのは、久しぶりに声を出して笑った彼女の声が、若い頃のように華やいでいたからだ。

あのね、この列車ね。

キミコ姉ちゃんは、そう言いかけて、ちょっと悪戯《いたずら》っぽい目をして我々を見た。

そして、こう言ったのだ。

面白いわ。この列車の中には、山もあれば川もある。なんとびっくり、砂漠まであるじゃないの。

うーん、残念、あとひとつ――があれば――

「あとひとつ」のあとは、声がぐぐもってしまってよく聞こえなかった。キミコ姉ちゃんはそこで表情を曇らせ、ちらっと枕元のハーモニカに目をやったところでひどく咳き込んだ。咳は治まらず、キミコ姉ちゃんの土気色の顔を見て、慌てて看護師を呼び、応急処置を済ませたあとは、もはや彼女には長い会話を交わすことも難しくなっていた。

「山」

兄貴が呟く。

「川」

俺が呟く。

「砂漠？」

「合言葉かよ」

俺たちは、一号車のラウンジカーに向かって歩いているところだった。ディナーと観劇を終えて、二人で「二次会」をしようというのと、キミコ姉ちゃんが残した謎めいた台詞を解明しようという目論見があったのである。

兄弟二人だけでの旅など、いったいいつ以来だろう。それぞれに家庭を持ってからは、大体キミコ姉ちゃんのところに里帰りし、春や秋に一緒に温泉に行くのが恒例だった。

キミコ姉ちゃんは、学生時代からの親友とこの旅に行くつもりだと言っていたが、葬儀の折に彼女と話した時、彼女を誘っていなかったことが分かった。

俺たちは胸が詰まった。この旅をプレゼントした時、既にキミコ姉ちゃんは自分が行けないことを薄々予感していたのだ。

山もあれば川もある。なんとびっくり、砂漠まで。

車内のあちこちを穴の開くほどきょろきょろ見ている我々は、傍から見れば怪しいかもしれないが、この列車は驚くほど細部の意匠が凝っているので、決して珍しい光景ではないに違いない。

絨毯《じゅうたん》の柄《がら》。細工を施したガラスの自動扉。組子細工の窓に、洗面ボウルの絵。片っ端から目につくものをチェックしたが、「山」も「川」も「砂漠」も見当たらない。

各車両に飾ってあるポスターの中には山や川がちらっと背景に描かれていたけれど、まさかあれではないだろう。

「車窓には山も川もあったけどなあ」

「でも、外だろ」

夜も深まり、窓の向こう側は漆黒《しっこく》の闇だった。

列車はかなりゆっくり走っているので、しばしば停まっているのか走っているのかよく分からなくなる。

こうして通路を歩いていると、不思議と時間の感覚が曖昧になる。ずっと前からこんなふうに長距離列車に乗り続けているような気がして、振り向けば幼い兄貴と俺がそこにいて、キミコ姉ちゃんが後を追いかけてくるのではないかという錯覚に陥る。

「木星」という名のダイニングカーを抜け、辿り着いたのは「ブルームーン」という名のラウンジカーだ。このツアーのための施設は宇宙関係で名前が統一されている。バー・タイムのラウンジカーは照明が落とされ、アップライトピアノとギターのデュオがゆったりと演奏をしていた。

我々は、一面が大きな窓になった最後尾の席に落ち着く。

「おい、あそこに月があるぞ」

兄貴の視線の先に目をやると、ラウンジカーの天井の近くに、小さな金属の三日月がちょこんとしつらえてあった。

「『月の沙漠』って、なんだか物悲しい歌だったよな」

「月」とキミコ姉ちゃんの台詞から連想したのか、兄貴がそんなことを呟いた。

「うん」

俺も同意する。キミコ姉ちゃんが演奏してくれたことがあるが、聴いていて落ち込んだっけ。

特に「きんとぎんとのくらおいて」のところ。

「日本の童謡って、どうしてみんな短調なんだろう。明るい未来を感じさせるというよりは、この世の苦労を予感させる曲ばっかりだな。たまにある長調の曲でも、そこはかとなく哀しげなんだよね。ハーモニカって、そもそも『むせび泣く』感じの音色だから、暗めの曲をやると、本当に暗くなっちゃうんだよなあ」

「『ムーン・リヴァー』も綺麗だけど物憂げな曲だね」

月の沙漠、月の河、と我々の思考はキミコ姉ちゃんの謎めいた台詞から離れることができない。

オードリー・ヘプバーンが映画『ティファニーで朝食を』の中で、ギターを奏でながら歌う曲が「ムーン・リヴァー」だ。ヘプバーン演じるホリーは高級娼婦という設定だったというのは、ずいぶん後になってから知った。あの物憂げな儚《はかな》さは、そのせいだったのかと思ったことを覚えている。

「おお、見ろよ」

何気なく窓の外に目をやった兄貴が、声を上げた。

「月明かりだ」

それはちょっと不思議な眺めだった。

月の明るい夜だった。遠ざかる二本のレールが青白く照らされているのが見える。レールの上面だけが明るく、カーブを描いて二つの平行線を作っている。

「おい、これこそ――『月の川』じゃないか」

「だね」

つかのまの光景だった。

すぐに月光が遮られ、レールは夜に沈んだ。

我々は窓から目を離して前を向く。

ウイスキーのロックグラスが運ばれてきた。

「いや、あれは『月の川』というよりは『月の道』じゃないの？　海に太陽が沈む時に、一本の光の筋が見える。あれを『太陽の道』って呼ぶじゃない。月もそうだよ」

「そっか」

兄貴は頭の後ろで手を組んだ。

「それに――『ムーン・リヴァー』のリヴァーは、川は川でもさんずいのほうの『河』だよね。あれって、うんと川幅の広い大河を表すらしいよ」

ちょろちょろ流れる春の小川や、二級河川辺りでは「リヴァー」とは呼べないらしい。

俺たちは揃って腕組みをし、うーんと唸った。

「分かんないよ、姉ちゃん」

「いいんじゃない、分からなくても。こうやって、ここで姉ちゃんの話をしてるってことが供養かも」

献杯をしようとグラスを持ち上げた瞬間、ふと、兄貴のジャケットのポケットに、丸めた冊子が入っていることに気付いた。

「これ、パンフ？」

「そう」

キミコ姉ちゃんが繰り返し楽しげに見ていたパンフレットだ。

俺はそれを引っ張り出して、ぱらぱらとめくった。

何かがふっと頭をかすめる。

「ねえ——考えてみりゃ、キミコ姉ちゃんはこのパンフレットしか見てなかったんだから、これを見て『山』だの『川』だの『砂漠』だのを発見したわけだよね？　だったら、ヒントはこのパンフレットの中にあるんじゃないの？」

兄貴は意表を突かれたようにこちらを見た。

が、すぐに怪訝《けげん》そうな顔になる。

「だけど、俺たちだってずっと同じものを見てたんだぞ。何度も見たけど、そんなものがこの中にあったか？」

「この中に——」

俺たちは、改めてじっとパンフレットを眺めた。

と、何かが閃《ひらめ》いたらしく、兄貴がハッとするのが分かった。

そそくさとジャケットの内ポケットから手帳を取り出し、後ろのほうの白紙のページを開き、ボールペンで字を書き付ける。

JUPITER
BLUE MOON

ダイニングカーの名前とラウンジカーの名前。

「いや、このふたつだけじゃダメだ」

兄貴がボソボソと呟く。

が、やがて顔を上げ、ぱんと手帳を叩いた。

「そうか、姉ちゃんは『この列車の中に』と言ったんだよな。つまり、『この列車』も含まれるわけだ」

兄貴はもう一行、名前を書き加えた。

JUPITER

BLUE　MOON
SEVEN　STARS

この列車の名前を。

これでこの列車の中にある、三つの名前が揃った。

兄貴と俺はじっとそのページを見つめていた。こんなに必死に文字を見つめたのはいつ以来か思い出せないくらいだ。

先に俺が気付いた。

「ある。あるよ、この中にムーン・リヴァーが。河だよ、河があるよ」

MOON　RIVERのアルファベットを中から抜き出す。残ったのはこのアルファベット。

JUP　TE
BLUE
SE　N　STA　S

次は兄貴が気付いた。

「ＪＵＮＥがある。ＪＵＮＥ——六月か」

我々は同時に気付いて顔を見合わせた。

「六月。和名は水無月」

「水の無い月。乾いた月、つまり砂漠だ」

「あった、砂漠が」

「まさに『この列車の中に』、だな」

ＪＵＮＥを抜き出す。残りのアルファベットはこうなる。

　　Ｐ　Ｔ
ＢＬＵＥ
ＳＥ　　　ＳＴＡ　Ｓ

「次は？」

俺たちは考え込んだ。「川」と「砂漠」は見つかった。あとは「山」だ。

ふと、スマートフォンを取り出し、俺は辞書を引いてみた。

どんぴしゃ、だ。

「分かった。ＰＡＳＳ、だ」

兄貴にスマートフォンを差し出し、画面を見せる。

PASS（名詞）峠

「峠。山、だ」

PASS、を抜き出す。

そして残ったのは。

　　　T

BLUE

SE　　T

二人して、残ったアルファベットをまじまじと見つめる。この、残りの文字を組み合わせて出来る単語。それは——

BLUESETT

「ブルーゼット」

二人の声が重なった。

キミコ姉ちゃんが大好きだった、トゥーツ・シールマンスの名曲の名。

呻《うめ》き声のようなものが二人の口から漏れる。

「だけど」

兄貴が頭を掻いた。

「本当のブルーゼットの綴りは『BLUESETTE』だよなあ」

不意に、彼女がちらっと枕元に走らせた視線が蘇った。

うーん、残念、あとひとつ――があれば――

俺は思わず「あっ」と声を上げていた。

「そうか。あの時、姉ちゃんは、あとひとつ『E』があれば、って言ったんだ。あとひとつ『E』があれば『BLUESETTE』になる。そう言いたかったんだ」

枕元のハーモニカに目をやったキミコ姉ちゃん。

「この列車の中に」、ブルーゼットの名前を発見した時、彼女はどんなに興奮したことだろう。その符合に、どれほど驚いたことだろう。

「来たかっただろうなあ――それに、吹きたかっただろうなあ。こんな発見したんだもの。ほんとに、姉ちゃんのための列車だったのに」

不意に涙が込み上げてきた。

兄貴がすっくと立ち上がった。

俺はびっくりして兄貴を見上げる。なんとなく、兄貴も涙ぐんでいるような気がしたが、顔は見えなかった。

「ハーモニカ取ってくる」

ぶっきらぼうに兄貴が呟いた。

「え？」

「キミコ姉ちゃんのハーモニカ、持ってくる。ここで、姉ちゃんにあの曲、聴かせてやんなくちゃ」

兄貴は乱暴に目元を拭うと、足早にラウンジカーの中を歩いていった。

ピアニストに、そっと何かを耳打ちする。

かすかに笑って、ピアニストが頷《うなず》いた。

俺は、赤い目を隠すために、最後尾の大きな窓に目をやった。

月明かりは見えない。

一点の曇りもなく磨き上げられた暗い窓の向こうで、すっかりいい歳になった壮年の男がこちらを見ている。キミコ姉ちゃんが育て上げてくれた、苦労知らずの能天気な男の子がそのまま歳を取ったような顔が。

ゆっくりと「ムーン・リヴァー」が流れ始めた。

兄貴がさっき、ピアニストにリクエストしたらしい。

「ブルーゼット」のリクエストは、兄貴がキミコ姉ちゃんのハーモニカを持ってくるまで取っておくつもりなのだろう。

ならば、俺も兄貴が戻ってくるまではこうして目を閉じて列車の揺れを感じていよう。

ここには、河が流れている。

見えない河、月の光がひとすじの道を作っている、ここだけにある大河が。

その大河を、俺はキミコ姉ちゃんと一緒に、今静かにたゆたっている。

＊ アクティビティーは太極拳

川上弘美 *Hiromi Kawakami*

「阿房《あはう》と云ふのは、人の思はくに調子を合はせてさう云ふだけの話で、自分で勿論阿房だなどと考へてはゐない。用事がなければどこへも行つてはいけないと云ふわけはない。なんにも用事がないけれど、汽車に乗つて大阪へ行つて来ようと思ふ。用事がないのに出かけるのだから、三等や二等には乗りたくない。汽車の中では一等が一番いい。私は五十になつた時分から、これからは一等でなければ乗らないときめた」

という書き出しの手紙が母から来たのは、去年の夏の終わりだった。

なぜに歴史的かなづかい？　と思いながら読んでゆくと、

「と書いたのは、内田百閒《うちだひやつけん》。あたしも同じ意見」

と、つづいた。

母は手紙を書くのが好きだ。一カ月に一通くらいの頻度で、はがき、たまに封書が、来る。面倒なので、母から手紙が来ても、返事は出さない。そのかわり、電話をする。手紙は好きらしいのだけれど、母は電話は嫌いなようなのだ。いろいろ、長引かないですむ、というわけだ。

母は東京で一人暮らしをしている。父が亡くなったのは十八年前で、その時私は大学二年生だった。母は、当時まだ四十代の終わりごろ。今考えれば若い寡婦であるが、そのころの私からみると、母はじゅうぶんに年を重ねた婦人だった。

父は、亡くなる少し前から病んでいた。東京の実家を離れたくて――とくだん家族を嫌っていたわけではないが、そういう年ごろだったのだ、たぶん――名古屋の大学に入学した私は、新しい場所に慣れることにせいいっぱいで、入院した父の見舞いにもあまり行かなかった。父が亡くなった時、母はしごく冷静だった。あるいは、冷静にみえた。夫婦共働きで一人っ子だった私は、両親の過度な保護を受けることなく、自由といえば自由に、放っておかれたといえば放っておかれて、育った。父も母も、私に愛情を注いでくれていたと思うのだけれど、ことさらに情の深い言葉や行為を私にほどこすことは、ほとんどなかった。ごく簡略化して言うなら、そっけない親子関係だった、ということだ。

大学を卒業し、そのまま名古屋で就職し、同僚と結婚した私にとって、東京はすでに遠い場所となっている。母と同じように、私も夫と共働きの生活をし、今は小学生の息子が二人いる。

「ということで、九州の豪華寝台列車『ななつ星』の切符の抽選に、申し込むことにしました。支払いは、あたしがします。

ひな子も、一緒に行きましょう。申し込めるのは、来年四月からの六カ月間のどこか。いつがいいですか」

と、手紙は結ばれていた。

「は？」

手紙を食卓の上に放り出しながら、私は低い声でつぶやいた。ソファのところでゲームをしていた次男の拓郎《たくろう》が、驚いたように私の方をうかがう。

「どしたの、おかあさん」

長男の道郎《みちろう》も、キッチンの私へと顔を向けた。

「いやいや、なんでもない」

できるだけ優しい声をだし、私は二人ににっこりとほほえみかけた。道郎も拓郎も、ほっとしたように笑う。そんなに私は怖いお母さんなんだろうかと、一瞬、情けない気持ちになる。よその家の子どもたちは、やんちゃで言うことを聞かなくて口答えばかりしている、と聞くが、うちの息子たちは、とてもおとなしい。優しい。そして、私の顔色をうかがいがちだ。

「どしたの、ひな子ちゃん」

夫の三四郎《さんしろう》が、大きなタオルを腰にまきつけた姿で、お風呂から上がってきた。道郎と拓郎にそっくりな顔。おとなしくて、優しくて、少し気弱な表情の顔が、上気して湯気をたてている。

「いやいや、なんでもない」

息子たちに対する以上ににっこりと、私はほほえんだ。

「夕飯、作っといたがや」

三四郎は言い、蠅帳《はいちょう》をかけたおかずのお皿三枚を、てのひらでさし示した。

「ひな子ちゃん、ほんとに仕事、大好きだね」

と、三四郎はときどき言う。まったく他意のないくちぶりで。

三四郎は、会社がさほど好きではないのだ。嫌い、ということではないのだけれど、会社にいるよりも家で家事をしたり子どもと過ごしたりしている時の方が、ずっと落ち着くのだという。

それほど私は仕事が好きだったろうかと、そんな時には考えこんでしまう。

そもそも「好き」とは、いったいどのような感情なのだろう。

父が亡くなった時、私はとても悲しかった。でも現実には、私は父の見舞いにはほとんど行かなかったのだ。

「ひな子ちゃんは、あんまりお父さんが好きじゃなかったの？」と、お葬式の時に、あまり知らない親類の女の人に言われた。涙一つ浮かべるでもない母に向かっても、その人は、「まあ、気丈でいらっしゃる」と、半眼で言っていた。早逝ともいえる父の葬儀で冷静にふるまっていた私と母のことを、その女の人が暗に責めていたのだと、後で気がついた。

三四郎と結婚した時も、浮き浮きした感情は、ほとんどなかった。しちめんどくさい恋愛というものと煩雑な結婚という儀式をおこなう必要が、この先もうなくなる、ということに関しては、嬉しく思っていた。息子たちのことだって、そりゃあかわいいが、私が三歳の時から十五歳の時まで実家で飼っていたチャイロと同じくらいのかわいさである。チャイロは、学校の帰りに拾った雑種の犬である。少しばかで、叱るとしっぽをぱたぱた振って、喜んだ。なでると、やはりしっぽをぱたぱた振って、喜んだ。そうだ、私はたしかにチャイロが好きだった。だから、息子たちのことも好きだし、三四郎のことも、好きにちがいない。ということは、仕事だって、たぶん、好きなのだろう。

「母が、わたしと二人で豪華列車の旅に行こうって」

手紙をひらひらさせながら言うと、三四郎は目を丸くした。

「もしかして、九州の、あの、どえりゃあ?」

三四郎は、少しばかり、テツなのである。ひな子ちゃん、たしか来年リフレッシュ休暇がとれる年だがや? 絶対にそれ、行こまい、で、写真、いっぱい撮ってくるがや。早口になりながら、三四郎は言った。ふう、と、私はため息をつく。それから、上気している三四郎の髪から食卓に垂れた水滴を、台ふきんでいそいでぬぐった。

豪華寝台列車の旅は、たいへん人気が高くて、なかなか抽選に当たらないのだと聞いていたので、実のところ私はたかをくくっていた。たぶん、行くことにはならないだろうな、と。

ところが母は、私たちの第一希望の二〇二〇年四月第一週、三泊四日の旅の抽選を、見事引き当ててしまったのだ。

「行くのか……」

私は思わずつぶやいていた。しかたなく、その期間のリフレッシュ休暇の届けを会社に出した。二週間の休暇がとれるので、寝台列車の旅が終わった次の週末のために、子どもたちと三四郎と四人の旅の計画もたてることにした。

豪華寝台列車に乗るのは楽しみだったけれど、母と二人きりで、ずっと同じ部屋での列車の旅を、どうやって過ごすのか、ほんとうのところ、私は少しばかり気ぶっせいに感じていた。そういえば、母と二人で旅をするのは、初めてなのだ。父と母と私の三人での旅も、全部で四回しか行ったことがない。父も母も東京生まれ東京育ちなので、互いの実家を訪ねる時は日帰りだった。お盆休みやお正月に「ふるさとへ帰る旅」というものは、存在しなかったわけである。実家の家族旅行の一回めは、軽井沢だった。私が幼稚園の時である。二回めも、軽井沢。三回めも四回めも、軽井沢だった。母の会社の社員寮があったのだ。木造の古い建物だった。卓球台があった。父と母が、浴衣で下手くそな卓球の試合をするのを、いつも私は見ていた。一緒にやろうとさそわれても、断った。卓球は苦手だったからである。どの時も、土曜日曜の、一泊二日だった。峠の釜めしを、必ず帰りに買ったが、帰宅した夜に三人で食べたあとの釜めしの釜を、母はいつも翌日の月曜日のゴミの日に、すぐさま出してしまった。私はとっておきたかったのだが。

母親ととても仲のいい娘、という存在は、知っている。私は、その正反対、母親ととても疎遠な娘なのである。その娘と母親が、どうやって三泊四日も、しごく近い距離で過ごせばいいのだろう。

中国の武漢で新型コロナ、という言葉を新聞で最初に目にしたのは、一月だった。二月半ばには、横浜に入港したクルーズ船上で新型コロナの感染が広がっているという記事を読んだ。

「ななつ星のラウンジで演奏してほしい曲を、ひな子はもう決めましたか？　あたしは『与作』にしました。お父さんが大好きだった曲です」

二月終わりに来た母からの手紙には、そう書いてあった。ななつ星のラウンジ列車では、夕食後にバイオリンとピアノの生演奏が行われ、リクエストしておけば、自分がラウンジに入っていった時に、その曲を演奏してくれることになっているらしい。

「与作……」

母がラウンジ列車に踏み入ると、妙《たえ》なるバイオリンとピアノのしらべによる「与作」が演奏されているさまを想像し、私はなんとも言い表しがたいきもちになった。「与作」を父が大好きだったとは、まったく知らなかった。そういえば、必要事項を書く書類の中に、「ラウンジでのリクエスト曲を書いてください」という項目があったような。私は空欄のまま送り返したのだったが。

母が「与作」なら、私は「北酒場」かな、でも九州で「北」は違うかな、今からリクエストを加えてもらうことはできるのかなと、私には珍しく、少しばかりはしゃいだ気分になってきた。

「新型コロナのために、四月十四日までの運行は中止します」という内容のお知らせが、「ななつ星」の事務局から来たのは、三月のなかばだった。

「えーーーっ」

自分でも驚くくらい、がっかりした声がでた。

「どしたの、ひな子ちゃん」

三四郎が心配そうに私を見ている。

「ななつ星、中止だって」

「えええええっ」

三四郎も、一緒に、大いに、がっかりしてくれた。道郎と拓郎も、そばに寄ってくる。

「ぼくたちの旅行は、だいじょうぶ？」

家族旅行は、軽井沢の予定だった。母の会社の社員寮はずいぶん前にすでに取り壊されていたけれど、家族旅行といえば軽井沢、と、私の中には刷り込まれているからである。

「うーん、みんなで考えよ」

三四郎が言った。新聞には、新型コロナの記事があふれるようになっていた。

「ちかごろはやりのリモートでいきましょう」

と、母から手紙がきた。

「リモート？」

すぐに折り返し電話をすると、母はしばらくの間、むっつりと黙りこんでいた。

「……うん、リモート。ほら、誰かわからないけどビデオを撮ったものとか、あるじゃない。それで」

母の説明はなかなか要領を得なかった。ななつ星に乗れないならば、乗ったつもりで、パソコン上で旅をしよう、という提案であるらしかった。パソコン上の旅とは、いかなるものなのか。母に聞き返したのだが、うまく言葉が出てこないらしい。いわく、なんとかチューブや、誰かのブログや、あと、市町村のホームなんとやらや、二日目に泊まるはずのすてきな旅館のホームなんとやらとか。

ようするに、行くはずだった場所を、パソコンの画面上で一緒に訪れてみよう、ユーチューブやホームページの画像や過去にそこを訪ねた人たちのブログや音をたよりに、ということらしい。

「それって、面白いのかなあ」

私が言うと、母はまた少しの間黙り、やがてこう言った。

「ひな子、休暇とってあるんでしょう。面白くなくても、つきあってよ」

母が私に何かを乞うことは、とても珍しいことだったので、うん、と、思わず返事をしていた。出発するはずだった四月七日の朝の十時二十分に、パソコンの前に座って、まずは互いのラインで連絡をとりあうことになった。

「ちゃんと、予定通りに旅するからね」

母は、念を押したのだった。

四月七日、子どもたちは政府の要請により、すでに一カ月ほど学校が休校となっていて、すっかりだらけていた。宿題が出ているので、授業の時間どおりにきびきび勉強しなさい、と言いつづけているのだが、いくらおとなしくて優しい息子たちであっても、学校に行かず外で走り回れずかつしごく元気な状態で、おとなしく机に向かうはずがない。

朝から、すでに私は叱り疲れていた。三四郎は、会社に出勤している。お互い、在宅勤務の日は、週の半分くらいずつである。

あきらめて、パソコンを立ちあげた。前の日、四月六日からリフレッシュ休暇を二週間とってあったので、する仕事もない。二週間、在宅「勤務」ではなく、在宅「休み」となるわけだ。ほんとうは休暇の間もこっそり仕事をするつもりだけれど、少くともこの三泊四日の間は、母につきあってあげなければならない。

「ほんと、ひな子ちゃんはお母さんが好きだがや」

ゆうべ、三四郎に言われた。は？　と私が言うと、三四郎は笑った。

「仲のいい母娘だって、いつも思っとるんだわ」

いや、私のところは疎遠な母娘なんだけど、と、言い返しかけて、やめておいた。仲がいいと思われているなら、それに越したことはない。

十時二十分きっかりに、母からラインがきた。

「あと十分で、ウェルカムセレモニーが始まります。ちゃんとした服装、していますか？」

「はい、してます」

家にはいるけれど、正式な旅をしているという証のために、ななつ星にふさわしい服を着なければならないと、母は事前に言ってきたのである。めんどくさいよ、と、最初は突っぱねたのだけれど、母はどうしても譲らなかった。しかたなく、会社に行く時のスーツを着こんで、パソコンの前に座っているというわけなのだ。

「では、ユーチューブで『ななつ星』を検索してください。『ななつ星の記憶』という題の、一時間半の動画がありますので、クリックしてください」

すぐさま母からまたラインがきた。ななつ星の記憶、記憶、とつぶやきながら、検索すると、すぐに出てきた。

「十時三十分きっかりになったら、見始めること」

事細かに、指令がくる。はいはい、と言いながら、十時三十分までの六分間をぼんやり過ごした。子どもたちがゲームをしているらしき音楽が、かすかに聞こえてくる。二人が大好きな、のんびりした動物の出てくるゲームである。

突然スマートフォンが鳴った。ラインの電話である。あわてて出ると、母だった。

「さ、あと一分でウェルカムセレモニーが始まるから、ここからは、スピーカーフォンにしておいて、声で一緒に旅をするのよ」

またまた事細かである。いったいこの情熱は、どこから出てくるのだろうか。そのうえ、いつもは苦手にしている電話やネットのあれこれなはずなのに、いつもとは違ってたくみに使いこなしている。そんなに母は旅がしたかったのだろうか。でも、最初にくれた手紙には、「用事がないのに出かける」というような、適当な雰囲気のことが書いてあったのではなかったっけ?

「はい、開始」

母の声が響いた。あわてて、「ななつ星の記憶」を再生する。制服を着た、ななつ星の乗務員らしき人たちが、「いらっしゃいませ」と、笑顔で迎えてくれる動画が始まった。おお、と思いながら、黙って見る。パッションフルーツのプリン、ココナツミルククリーム、森伊蔵《もりいぞう》でつくったジュレの三段重ねのスイーツを勧められる。ガラスのカップの中に白いポーカーチップのようなものが入っている。乗務員の一人が上から水を注ぐと、白いものはみるみるうちにふくれて円柱になり、それはなんとおしぼりなのだった。

「ひゃあ」

と声を出すと、母も同時に、

「ひゃあ」

と言っているのが聞こえた。

二人で、声をそろえて笑ってしまう。

「すごい、最初からもう豪華絢爛だ」

母が言っている。やがてそれぞれの名前が呼ばれ、いよいよ乗車である。

「乗務員じゃなくて、クルー、なんだ……」

母がつぶやく。

「クルー、だね」

答える。

私も母も、畏《おそ》れいっていた。ちゃんとしたスーツを着ていてよかったと、家にいるのに内心でほっとしていたところをみると、心の底から、圧倒されていたのだと思う。

「ねえ、ちょっとお手洗いに行ってくるね」

動画「ななつ星の記憶」を半分くらいまで見たところで言うと、母は、

「どうぞ」

と言った。

「洗面台がすごくきれいなのよ」

と、教えてくれる。

「洗面台」

「あ、次の動画を見ましょう。『ななつ星に乗った！』っていう、三分二十三秒の動画。まんなかへんに、洗面台がうつってる。お手洗いに行く前に、ちゃんと予習して」

「でも、今すぐお手洗いに行きたいの」

「だめ、我慢しなさい」

我慢しろと言われると、ますます切迫した気分になってしまう。けれど母は頑として
「予習、予習」と繰り返した。

やはりなんだか、へんだ。母がこんなにも何かにこだわることなど、これまであっただろうか。もしかして、理由があるのだろうか。病気になったことがわかった、とか。認知症が始まった、とか。

いそいで「ななつ星に乗った！」を見てゆく。あった。洗面台だ。大鉢がそのまま洗面台になったような、白地の美しい磁器に、赤や青や緑色の魚が泳いでいる模様のものだ。

「わ、こんなすごいところで手を洗うんだ」

小さく私は叫ぶ。

「有田焼よ。第十四代柿右衛門《かきえもん》作なの」

優雅なくちぶりで、母が言う。

「はいはいっ、この洗面台で、しっかり手洗い三十秒してきまっす」

言いながら、いそいでお手洗いに走った。もちろん、我が家のお手洗いには第十四代柿右衛門の洗面鉢はない。用を足し終えてほっと息をつき、柿右衛門、柿右衛門、とつぶやきながら、うちの何の変哲もない白い洗面台で、てのひら、手の甲、指、爪、手首と、ことさらにていねいに、手を洗っていった。


「ななつ星の記憶」の動画が、なめらかに目の前を流れてゆく。

「もうすぐ門司港《もじこう》駅だから、グーグルのストリートビューを見なさい」

正午を少し過ぎたところで、母からの指令がとんだ。

「ストリートビューなんて、知ってるんだ」

「馬鹿にしないでよ～」

歌っている。こんな上っ調子の母も、はじめてではないだろうか。

道郎と拓郎がやってきた。

「腹へった」

「へった」

声をそろえて訴える。ライン電話はつなぎっぱなしになっているので、母にも聞こえているはずだ。

「ということなので、そろそろうちはお昼にします」

「待って」

母が叫んだ。道郎がびっくりしたような顔で、スマートフォンを見ている。

「おばあちゃんなの？　おばあちゃんも会社お休み？」

「おばあちゃんは、もう会社には行ってないのよ」

スマートフォン越しに、母が答える。

「じゃあ、うちにいるの？」

「いいえ、今は豪華寝台列車の旅をしているのよ」

毅然と、母は言った。すげえなー、いいなー、などと、道郎と拓郎は言い合っている。

「お昼はやま中の握りずしだから。食べログでちゃんとやま中の写真を予習するように。そして粛々とやま中のおすしのすばらしさを享受するように」

「うそこでね？」

そう返すと、母は笑いもせず、

「うそこですが、本気で」

と、答えた。

お昼は焼きそばにした。まぐろ。あら。うに。スマートフォンの中の写真を見ながら、スーツ姿で、ソース味の焼きそばを粛々と食べた。ソース味と想像上の酢飯味の乖離《かいり》に閉口したけれど、少しばかり、愉快な気分でもあった。

午後は、母の指定で、「九州の列車」を映した動画を見続けた。十五分くらいで終わる動画もあれば、一時間半以上つづくものもあった。最初はパソコンに向かって腰かけていたのだが、そのうちにだらだらと床のカーペットの上に寝そべるようになった。スーツの上着は脱ぎ、スカートのホックははずし、ファスナーを少し下げた。雑誌とおせんべいを持ってきて、こっそりと読みふけったりかじったりしているうちに、おせんべいの、ぱり、という音が響いてしまった。

「ずっと乗ってるのも、少し退屈ね。体動かしたくならない?」

私がさぼっていることを見透かしたように、母が言った。

「車窓からの景色を、もっと楽しまなきゃ」

言い返してみる。

「そうねえ。でもあたし、体操する」

そう言ったとたんに、電話越しに聞こえていた母の方の列車の動画の音が消え、やがてラジオ体操第二の音楽が始まった。それと共に、どす、どす、こき、こり、と、母が跳ねたり体を曲げたりする音も。

「ななつ星の中で、ラジオ体操？」

「そうよ。ななつ星はふところの深い列車なんですからね。ラジオ体操もきくち体操もクルーの人たちは大歓迎」

きくち体操とは、いったい何だろう。追及はしないことにする。道郎と拓郎におやつを出し、宿題のはかどり方もチェックし、戻ってくると、母はまだ体操をしていた。ラジオ体操の音楽は終わっていたが、今度はきびきびした女性の声で「はい、もっとしっかりのばしてー」という指示がなされている。

一時間半の動画をまた最初から流しておいて、私は子どもたちのところへと戻った。道郎は、ノートに絵を描いている。拓郎は、算数の計算の最中だ。子どもたちの小さな背中を、じっと眺める。もうずいぶん成長したと思っていたけれど、実際には二人ともまだこんなに小さいのかと、細い肩はばを見て、驚く。学校が休みになって、家で一緒に過ごす時間が長くなったのに、こうやってゆっくりと子どもたちを見るのは、実のところはじめてかもしれなかった。

この子たちも、あと十年くらいでこの家から出ていってしまうのかな。突然思う。

「ねえ、おかあさん」

拓郎が顔をあげ、宿題の紙を私のほうに押しやった。

「できん……」

「できないの？」

母との「旅」を抜け出していることが少しうしろめたく、いつもよりこころもち優しい声で答えると、拓郎は驚いたような表情になった。

「怒らんの？」

「わからないのは悪いことじゃないんだから、教えるよ」

そう言うと、道郎もびっくりしたように顔をあげた。

「……なによ」

「べつに」「べつに」

二人で声をそろえた。そんなに私はいつも、この子たちを叱る態勢でいるのだろうかと、自分自身にげんなりする。いや、叱ろうとは思っていないのだけれど、ともかくいつも私は忙しいのだ。忙しいと、いろいろな途中をすっとばして、結論だけになってしまい、結果的に「叱る」言いかたになる——自分でもわかっているけれど、あらためられない自分の態度について、しばし、反省する。

「今夜は、和食だがね」

気を取り直して、二人に言った。ななつ星の一日目の夕食は、「大分市の街中にひっそりとたたずむ創作和食の隠れ家」のお店によるものなのだ。八寸、おつくり、焼き物などの美しい写真が、案内の冊子にあった。

「わしょくって、なに？」

拓郎が聞いた。

「うーん、肉じゃが、のことかな……」

答えたら、道郎も拓郎も、わーい、と喜んだ。うちの子どもたちは、私が子どもだったころ待ち望んだカレーやスパゲッティーよりも、肉じゃがや焼き魚を喜ぶ。

「わしょく、すきすき」

踊りながら、拓郎は計算問題の紙をひらひらとさせた。

三四郎も道郎も拓郎も、すでに寝入っている。今は午前二時。

大分駅を出発する予定の午後十時少し前に、母とのライン電話は終了し、また明日の朝にと約束したあと、いったんはベッドに入ったのだ。けれど、眠れなかった。

キッチンのサイドテーブルに置いたままになっているノートパソコンを開いて立ちあげ、「ななつ星の記憶」をまた見始めてみる。

ウェルカムセレモニーのところはとばし、昼間の風景もとばし、するとやがて夜の線路をうつした画面があらわれた。

おそらく列車の先頭から撮ったのだろうその映像は、単線の線路とその周囲の土手をうつしてゆく。列車のあかりが照らしている場所の外は、漆黒《しっこく》の闇だ。ゆったりと、列車は走ってゆく。

なんだかとても、さみしかった。

いったいなぜ、と、首をかしげる。三四郎も子どもたちもこの家にはいて、私たちはふつうに仲のいい家族で、母だって——もしかすると病気だったり認知症になりかけているという可能性はあるにしろ——会話をかわしているかぎり、健康そうで元気である。

列車は、夜の中を進む。

パソコンだけがともったキッチンで、私は所在なく椅子に座っていた。昼間母とかわしたラインを見返してみる。朝のやりとりの次は、おやすみを言い合ったあとに書きこんだやりとりである。

「今日はおつかれさまです」

「列車は、やっぱり、いいものね」

「うん」

「おみやげ、何にしようかしら」

「やはり森伊蔵ではないかな」

「あたしは焼酎を飲まない」

「なるほど。おやすみなさい」

母のラインの最後は、私の「おやすみなさい」に対する、うさぎの絵の「おやすみ」のスタンプだった。

あまり可愛くないうさぎの絵を、指先でつついてみる。ユーチューブ、という言葉もちゃんと言えるようになっているうえに、母は、ラインのスタンプも使いこなせるのだ。お母さんは、私の知らない人生をいっぱい持ってるんだよね。今も昔も。頭の中で、そう言語化してみる。さみしいのは、そのせいだろうか。いやいや、それではなんだか、くやしい。夜の列車の風景が、郷愁をよんだだけだから。自分に言い聞かせる。眠気がさしてきた。パソコンをシャットダウンし、スマートフォンの小さなあかりで、道郎と拓郎の部屋を見にゆく。二人とも小さな寝息をたてて、ぐっすり眠っている。ベッドにもぐりこむと、三四郎がため息をついた。起きたのかと思ってのぞきこむと、

「減価償却」

と、はっきりした口調で寝言を言った。ふとんをかぶり、私は目をぎゅっとつぶった。

二日目の旅程は、阿蘇から大分経由で、由布院泊まり。今日の宿泊は、列車内ではなく、由布院の旅館なのだ。だから、列車に乗っている時間も、短い。午後二時過ぎには、いったん降車して列車を離れる予定となっている。

希望者は、早朝に阿蘇の草千里《くさせんり》観光ができることになっていた。

「もちろんあたしは行くから」

昨日、母は言っていた。私はゆっくり寝たいから、パス。そう答えたら、母は「ふうん」というような声をたてたが、無理につきあえとは言わなかった。

「阿蘇駅十時発だから、遅れないように」

との母の言葉に従って、九時半からパソコンを立ちあげ、準備しておいた。今日は道郎と拓郎も、一緒に旅をさせてやるつもりだ。スーツはもうなしにして、いつものジャージでいいかとも思ったのだが、いちおう、ゆったりしたニットのワンピースにレギンスをあわせることにした。

「草千里の写真、見たい」

道郎が言うので、検索してやった。阿蘇山の火口が見渡せるひろびろとした草原なのだと、ネットにはある。馬に乗って草原をゆく人たちの写真も、たくさんあった。

「おばあちゃんも、馬にのっとる?」

拓郎が聞いた。

「乗っとるかもね」

「馬、ぼくものりたいのりたい」

「コロナが去ったらね」

のりたいのりたいと、しばらく拓郎は繰り返していた。道郎は、馬の絵を描きはじめた。なかなか上手だ。十時になっても、母からの連絡はなかった。十時半になっても、まだこない。

「おはよう」

とラインを送ってみても、返事はない。十一時に、電話をしてみた。すぐに母は出た。

「あら、どうしたの」

などと言っている。

「旅はつづいてるんじゃないの？」

「もちろんよ。草千里はすばらしかったわ」

「じゃあ、なぜ連絡してこないのよ」

「あら、ごめんなさい、草千里行きのバスで、河野《こうの》さんていうすてきなご婦人と仲良くなっちゃって、列車に乗ってからもラウンジでずっと話しこんでたの」

「誰よ、河野さんって」

「河野さんは、あたしと同じく旦那さんを亡くしてて、やっぱり娘さんと二人でななつ星に乗りにいらしたんですって」

「もう、心配したんだから」

「うふふふ」

うふふふふ、じゃねえよ。内心で毒づきながら、母の芸のこまかさに少しばかり舌を巻く。

「ふん、私の方だって、お母さんを待っている間に、かわいい男の子たちと知り合ったのよ。名古屋から来ている四人家族のお子さん二人なの。うちの部屋で遊んでいていいかな」

「あらあ、ちょうどあたしも河野さんとの話が盛り上がってるところだから、どうぞどうぞ」

「知り合った男の子たちの写真、送っておくわね。河野さんの写真も、よかったら送って」

少し意地悪な気持ちで、言ってみる。それから、道郎と拓郎を並ばせ、さっき道郎が描いた馬の絵も持たせ、ぱちりと写真を撮った。すぐに、ラインで母に送る。

「よさそうなお子さんたちね。よろしく言っておいて」

すぐに返事がきて、さらに数秒後、写真が送られてきた。母と、見知らぬ女性が、肩を寄せ合うようにして、にこやかに写っている。たぶんスマートフォンでの自撮りだ。背景は、ちゃんとバスの車内である。二人ともカメラとは微妙にずれたところに視線がいっている。自撮りに慣れていないころ、自分もこんなふうにずれた感じに写っていた記憶がある。

「河野さん、実在かよ……」

さらに細かい芸をみせた母に、私は少しだけむっとする。道郎と拓郎は、「九州の列車」の動画を、くいいるように見ていた。今日のななつ星の朝食だか昼食は、たしか「イタリアン」の予定だったか。お昼はたらこパスタにしようと決め、むっとした気持ちをおさえた。母には勝てない、という気持ちが、自分をむっとさせるのだと、わかっていた。そして、いつの間にかすっかり母のペースに乗せられていることにも。いつになっても、きっと私は母にかなわないのだ。

今日泊まる予定の旅館は、亀の井別荘である。写真もいいが、文章も大事だと、母は亀の井別荘について山口瞳《やまぐちひとみ》が書いた文章をスキャンして、パソコンのメールに送ってきた。スキャンまでできるのか！

「なにしろ桃源郷なんだ。建物がいい。環境がいい。湯がいい。そうして、僕は断言するけれど、由布院の食べ物は絶品である。それはおいおいに説明するとして、こういう超一流温泉旅館であるのに、気取ったところ、よそよそしいところがまるで無い」

と、山口瞳、べたぼめである。

「こんなにいい旅館なのに、行けないんだ……」

読みながら、ライン電話に向かってぐちをこぼす。

「いいえ、あたしたちは今夜まさにその亀の井別荘に泊まるんです」

「ほんとは泊まらないから」

「芝居っけってもののない子ねえ、ひな子は」

「芝居っけは、お母さんにまかせた」

そろそろ私は、この「旅ごっこ」に飽きてきたのだ。午前中は母が「河野さん」とおしゃべりをしてくれていたし、午後はお昼のあとのほんの一時間ほどをつきあえばいいと思っていたので、安心して、「飽きた」という気持ちを解放できたのかもしれない。

「由布院に着いたら、自由行動だよね、もちろん」

「まあ、いいでしょう。あたしは河野さんと由布院の町を歩いてきますから」

また河野さんだ。もしかして、ほんとうに母は「河野さん」とどこかを歩いてくるのかもしれない。いや、今は家にこもっていなければならない時なのだから、知り合いとどこかをそぞろ歩く、などということができるはずがない。母は、一人で実家にいるしかないのだ。

実家の匂いを、突然思いだした。いつも母が座っていた食卓の椅子も。食事の時、父と母は並び、私は母の向かい側に座ると決まっていた。母の椅子は、ぐらぐらしていた。父が椅子の足につけるすべり止めを買ってきて母の椅子にとりつけたのだが、それでもまだぐらぐらしていた。今も母は、あの椅子に座っているのだろうか。

「じゃ、ちょっと早いけど、おやすみなさい」

一人きりで家にいる母の姿を、心の中から追い払うように、私はいそいでそう言った。

「おやすみなさいって、まだ午後になったばかりよ」

「夕飯、山口瞳が書いた通りのものが出るのかな」

「合鴨ロースに、鯉こくに、鰻巻あんかけ？」

「うん。もしかして、ローストビーフも」

「三十年以上前の文章だからねえ」

「河野さんによろしく」

「はい、お伝えするわ」

母は、実は電話がちっとも苦手ではないのだということが、ここにきて私にはようやくわかった。ただ、突然私が電話をすると、きっと母はあせってしまうのだ。私だって、そうだから。母から電話がかかってきた時には。

道郎と拓郎を連れて、散歩に行くことにした。マスク、つけるんだよー。言いながら、ワンピースを脱ぎ、ジーンズに着替えた。

三日目は、また同じワンピースとレギンス姿で、パソコンを立ちあげた。今日は三四郎が比較的暇な在宅勤務の日だというので、子どもたちはまかせ、私は仕事をすることにした。そろそろ母も、旅をはしょってもいい気分になっているころではないかと思ったからである。

案の定、母は九時半ぴったりにラインを送ってきた。今日の予定は、九時半旅館発、宮崎経由で鹿児島までゆくことになっている。

「今日も自由行動でいきましょう」

という一文と、かわいくないうさぎの、「よろしく!」というスタンプ。

「了解」

短く、返した。スタンプは、添えなかった。そのままワンピースをジャージに着替えてしまおうかとも思ったが、まあせめてものつじつまあわせのために、と思い直し、そのままの姿でいることにした。

仕事は、とてもはかどった。はかどりすぎて、夕方になる前に、ぐったりしてしまった。

キッチンで、三四郎が何かを煮込んでいる。いい匂いだ。時々切実に考えてしまうのだが、ほんとうのところ、なぜ三四郎は私などと結婚しようと思ったのだろう。

夕飯は、ビーフストロガノフだった。三日目のななつ星の夕飯は、フレンチなのだと、三四郎にはあらかじめ伝えてあった。『ななつ星』最後の夜に、至福の時間を演出します」と、パンフレットにはある。たしかに、至福のビーフストロガノフだった。この至福に包まれて、今夜は早く寝てしまおう。ビーフストロガノフを食べながら、思った。

「すごくおいしかったよ」

三四郎に言ったら、破顔した。

「本見てやったら、うまくいったがや」

「……ありがと」

「どしたー？　あらたまって」

「いや、ほんとに」

道郎と拓郎をお風呂にいれ、ベッドに入るのを見届け、私もベッドに入った。お風呂から出てきた三四郎が、Tシャツだけの姿で隣にもぐりこんでくる。

「豪華列車の客室で、どう？」

三四郎がささやく。

「うん」

「ほら、揺れてるがや」

体をこきざみに動かし、三四郎がわざとベッドを揺らす。そのままシンプルに愛をかわしたあと、三四郎はすぐに寝入った。寝入ろうとしても、私の方は目がさえてしまっていた。心のどこかがざわめいているんだな、と思う。キッチンにゆき、冷蔵庫から缶ビールを取りだして、プルトップを引く。ごく、とひとくち飲んだとたんに、スマートフォンが振動した。

母からのラインだった。

「もう寝た？」

とある。しばらく迷ってから、

「一回寝たけど、起きちゃった」

と返した。時計を見ると、十二時を少し過ぎていた。


「ななつ星の記憶」の、夜の列車からの風景を見ながら、真夜中に別々の場所で母と一緒にお酒を飲んでいるこの状況が、不思議だった。パソコンの画面の中で、目前にあらわれてはうつりかわってゆく線路とそのまわりの土手を見ていると、母と私は今、ほんとうになおなつ星に乗っているのだという気持ちになってきてしまう。

私はビール、母は赤ワインを飲んでいる。

「ねえ」

母が言った。

「なあに」

「ひな子は、どうして東京の大学に行かなかったの」

突然直球ストライクのような質問を母がしたので、私はビールにむせてしまった。

「なに、突然」

「いや、せっかくこうして二人きりで旅してるんだから、いつか聞いてみたいと思ってたことを聞くチャンスかなあ、って」

「そうねえ」

私はとにかく、実家を離れたかったのだ。父と母は仲がよかった。二人とも、娘である私よりも互いの方に関心がある、そんなふうなタイプに、私には感じられた。支配もしないし、干渉もしないし、過度なほっぽらかしがあるわけでもなく、おまけに父と母がしごく仲がいいというのは、なんと幸福な家庭だったのだろうと、今になってみればよくわかる。

でも、私はなんだか孤独だったのだ、あの家で。もっとがみがみ言われて反抗してみたかったし、理不尽な家庭内規則を強いられて暴れてもみたかった。そのあとに、親子で抱き合って泣いてみたりもしたかった。

そんな、昭和の番長どうしの一騎打ちのあとの和解に似た親子関係のカタルシスなど、この世の中には存在しないということは、わかっているのだけれど。

「早く結婚したかったのかも」

「結婚？　まだ大学生になったばかりで？　そして、なぜわざわざ名古屋に」

「ま、よくわからないけど、自分でも」

そうだ、私は母と父のような結婚がしたかったのだ。いつまでも夫婦で肩を並べ、互いを尊重し、頼りあい、愛しあう、そんな夫婦になりたかったのだ。三四郎とは、そんな夫婦になれそうな気がした。私が仕事を頑張れば、三四郎と肩を並べて互いを尊重できると思ってきた。

「ねえ、お母さんはお父さんのことが、好きだった？」

もちろんよ、という答えがすぐにくるものと思っていた。ところが、母は黙ってしまった。

「照れないでいいから」

うながした。でも、母はまだ黙っていた。

「私は、三四郎のことが好きだけど、でも、好きっていう感情が、よくわからなくなることが、あるよ」

夜の中を走る列車の動画を見ながら、小さくつぶやいてみる。

「……あたしも、よくわからなかった。ほんとうは、いつもいつも」

「えっ」

単線だった線路が、複線になった。それからまた、単線に戻った。闇の中を、列車はただただ進んでゆく。

「お父さんのことは、大好きだった。でも、好きって、いったい何なのかなあって、時々考えこんだこともある」

「娘のことは、好きだった？」

「もちろん」

今度は、即座に返事がきた。

「目の中に入れても痛くないっていう言葉の意味が、ひな子を産んでみて、はじめてわかったわよ」

「目の中に入れても……」

道郎と拓郎は、目の中に入れても痛くない、だろうか。わからない。いや、痛いだろう。痛いにきまっている。

「ていうことは、お父さんよりも、私の方が好きだったの？」

「なに、その、仕事とあたしとどっちが好き、みたいな質問」

「あはは」

しばらく私と母は、またお酒を飲んだ。おつまみ、作る。そう母は言うなり、がさがさいう音と、包丁の音をたてはじめた。五分ほどすると、ラインに写真が送られてきた。チーズちくわの写真だった。プロセスチーズを細く切り、ちくわの穴にそのチーズを何本もぎゅうぎゅうに詰めるのが、母の方式なのだ。ちくわが、元よりも三割増しくらいに太るほどに、詰める。久しぶりに、私も母のチーズちくわが食べたくなった。ちょうど冷蔵庫にちくわもプロセスチーズもあるので、真似してつくってみる。写真に撮り、送る。

「もっとぎゅっと詰めなきゃ」

という返事がきた。

またしばらく、チーズちくわをつまみに、二人で黙って飲んだ。少し眠くなってきた。

「ねえ、お父さんが死んだあと、いつ初めて泣いた？」

「一年半くらいたったころかな」

「私は、半年くらいだった」

「早いね、娘はやっぱり」

「お母さんは、ずいぶんかかったんだね」

「でも、まだ泣きつくしてない」

「死んでから、十八年たつのに？」

「好きだったかも、よくわからなかったのにねえ」

「ねえ」

「そろそろ、眠くない？」

「あのね、ななつ星の旅に誘ってくれて、ありがとう」

思いきって、私は言った。

「まあ、一緒に行く相手が、ひな子くらいしか思いつかなかったから」

また母は照れている。

「私、チャイロがすごく好きだった」

「チャイロ、なつかしいねえ」

「お母さんのこともお父さんのことも、チャイロと同じくらい好きだったよ」

「なるほど、そういう基準でいうなら、あたしもお父さんのこと、チャイロと同じように好きだったのかも」

じゃあ、せーの、で電話を切ろう。そう言いあい、切った。しばらく夜の列車の動画を見続けた。父のことを、このごろほとんど思いださなくなっていたことに気がつき、少しだけ心が痛んだ。


四日目は、肥薩線からの「日本三大車窓」の景色を見ながら、大畑《おこば》駅、人吉駅を経て博多に午後三時過ぎに着く予定である。

昨夜、母としんみりした会話をかわしたのがなんだか恥ずかしくて、私は防御するような気持ちで、スーツを身に着けた。そして、てきぱきと母にラインを送った。

「いよいよ今日で旅もおしまい。最後まで楽しみましょう」

「はいはい」

というのが、母の返事だった。どこかの先生が生徒にかけるような言葉を私が送ったのを、こばかにしているにちがいない。

博多駅に着く直前に、三四郎と道郎と拓郎と私の四人がソファに座っている写真を撮った。すぐに、母に送り、

「この前部屋に遊びにきたお子さんたちのご家族です」

と文章をそえた。

「だんなさん、いい男ね」

という返事がきた。それからすぐに、

「河野さんと」

という写真が送られてきた。河野さんと母は、おそろいのカンフー服を着て、太極拳のポーズをとっていた。

「今朝早くラウンジカーで太極拳体験アクティビティーがありました」

と、つづいてラインがきた。アクティビティーじゃねえだろ、と私は内心でつぶやきながら、

「河野さんにくれぐれもよろしく」

と返信した。

博多駅着の時刻である三時二十分の別れぎわは、あっけなかった。じゃ、また。うん、

また。それだけを言いあい、ラインの電話を切った。

その夜の夕飯は、私がつくった。ちらし寿司である。結婚する少し前に、母が教えてくれたレシピだ。三四郎も道郎も拓郎も、大喜びで食べた。

ななつ星に、今度はほんとうに乗りたいなと思った。母とではなく、三四郎と乗りたいと思った。もう少し年がいって、その時生活に余裕があったら、一泊二日の方の抽選に申し込もう。まだ母が元気だったら、河野さんを誘ってもらって、一緒に抽選に参加してもらおう。そして、晴れてみんなでほんもののななつ星に乗ることができたなら、三四郎と私は、旅の間、母と河野さんから、太極拳を習うことにしようではないか。

謝辞

本書を編むに際しては、九州旅客鉄道株式会社の各位、とりわけ「ななつ星」運行にかかわる皆さまより、多大なご尽力を賜りました。この場を借りて深く感謝申しあげます。（編者）

◉初出

さよなら、波瑠　「オール讀物」二〇二〇年五月号
ほら、みて　「オール讀物」二〇二〇年十一月号
夢の旅路　「オール讀物」二〇二〇年六月号
帰るところがあるから、旅人になれる。　単行本時の書下ろし
旅する日本語　単行本時の書下ろし
ムーン・リヴァー　「オール讀物」二〇二〇年三・四月合併号
アクティビティーは太極拳　「オール讀物」二〇二〇年九・十月合併号

単行本　二〇二〇年十一月　文藝春秋刊

文春文庫

Seven Stories
星《ほし》が流《なが》れた夜《よる》の車窓《しやそう》から

定価はカバーに表示してあります

2023年4月10日　第1刷

著　者　井上荒野《いのうえあれの》 恩田陸《おんだりく》 川上弘美《かわかみひろみ》 桜木紫乃《さくらぎしの》
三浦《みうら》しをん 糸井重里《いといしげさと》 小山薫堂《こやまくんどう》

発行者　大沼貴之

発行所　株式会社 文藝春秋

東京都千代田区紀尾井町 3-23　〒102-8008
ＴＥＬ 03・3265・1211㈹
文藝春秋ホームページ　http://www.bunshun.co.jp

落丁、乱丁本は、お手数ですが小社製作部宛お送り下さい。送料小社負担でお取替致します。

印刷製本・凸版印刷

Printed in Japan
ISBN978-4-16-792023-4